KB008974

용을 삼킨 검

사도연 신무협 장편소설

ORIENTAL FANTASY STORY & ADVENTURE

3

dream
books
드림북스

용을 삼킨 검 3 용호(龍虎)

초판 1쇄 인쇄 / 2014년 9월 30일
초판 1쇄 발행 / 2014년 10월 7일

지은이 / 사도연

발행인 / 오영배
책임편집 / 편집부
펴낸 곳 / (주)삼양출판사 · 드림북스

주소 / 서울특별시 강북구 솔샘로67길 92
대표 전화 / 02-980-2112 팩스 / 02-983-0660
편집부 전화 / 02-980-2116 팩스 / 02-983-8201
블로그 / blog.naver.com/dreambookss

등록번호 / 제9-00046호
등록일자 / 1999년 3월 11일

© 사도연, 2014

값 8,000원

(주)삼양출판사 · 드림북스의 서면 허락 없이는 어떠한
형태나 수단으로도 이 책의 내용을 이용하지 못합니다.

ISBN 979-11-313-0114-2 (04810) / 979-11-313-0111-1 (세트)

* 지은이와 협의하에 인지는 생략합니다.
* 잘못된 책은 구입한 곳에서 바꾸어 드립니다.

이 도서의 국립중앙도서관 출판시도서목록(CIP)은 서지정보유통지원시스템홈페이지
(http://seoji.nl.go.kr)와 국가자료공동목록시스템(http://www.nl.go.kr/kolisnet)에서
이용하실 수 있습니다. (CIP제어번호: 2014027910)

용을 삼킨

사도연 신무협 장편소설

ORIENTAL FANTASY STORY & ADVENTURE

검

용호(龍虎)

dream
books
드림북스

목차

第一章

능구렁이와 암여우

　무성이 맞잡은 손으로 곤호진기를 불어넣었다.

　투둑! 투둑!

　그러자 마치 거짓말처럼 방효거사를 압박하고 있던 형구가 저절로 풀려나갔다.

　방효거사는 갑갑함을 벗어던진 손목과 발목을 손으로 쓰다듬으며 묘한 표정을 지었다.

　"신기하군. 꼭 마술 같으이."

　무성이 피식 웃음을 흘렸다.

　"거사님도 경지에 이르면 가능하십니다. 이참에 배워 보지 않으시겠습니까?"

"예끼! 이 사람도. 그런 농담일랑 하지 말게. 이 늙은이는 이제 강호라 하면 치를 떠는 사람이니까."

"그래도 이제부터 무신, 아니, 무신련과 싸우려면 강호를 벗어나실 수 없으실 텐데요?"

"그러니 걱정이라는 걸세. 이거 늘그막에 사람을 잘못 만나 너무 깊은 구렁텅이로 빠진 게 아닌가 싶어서 말일세. 아무래도 내가 자네를 샀다고 여겼었는데, 도리어 반대로 내가 자네에게 질질 끌려 다니지 않는가 말일세."

무성은 포권을 취했다.

"거사님은 제게 은인이십니다."

"자네 역시 내게 은인이라네."

두 사람이 마주 보며 씩 웃었다.

뜻을 함께 가지게 된 동지. 같은 전선에 선 전우.

동료가 된 두 사람은 서로 손을 맞잡았다.

무성은 손을 잡아당겨 방효거사를 일으켜 세웠다. 두툼한 몸집이 뒤뚱거리다 균형을 잡는 순간,

끼익!

"어딜 가려 하느냐!"

뇌옥 문이 열리며 천검단주가 부리부리한 눈매로 단원들과 함께 안으로 들어섰다.

"이거 아무래도 때마침 손님이 오신 모양이로군."

"그렇군요."

방효거사의 말에 무성이 차갑게 웃었다.

* * *

다모각(多謀閣).

제갈선가, 사마세가(司馬勢家), 백유당(百儒黨) 등 강호에서 내로라한다는 모사와 재사들이 한데 모인 곳.

그들은 자리에 앉아 천리를 내다본다고 한다.

그곳에 영호휘가 방문했다.

"재미난 일을 꾸미셨소, 제갈가주."

"당최 무슨 말인지 모르겠군."

제갈윤경은 찻잔을 내오며 빙긋 웃었다.

"북궁민의 모반. 내 계획. 모두 보고 있었던 것 아니오? 세상사에 아무런 관심 없는 척하면서. 사실은 쥐새끼처럼 모두 엿보고, 엿듣고 있었지 않소?"

"글쎄?"

"아니면 이 모든 게 사부님의 뜻이던가."

"무슨 말인지 도통 모르겠어."

제갈문경은 말투와 달리 여유로운 태도로 쥘부채를 살랑살랑 흔들어 댔다.

"그래. 그렇게 끝까지 발뺌을 하시려는 속셈이구려!"

쾅!

영호휘가 탁상을 내려치며 버럭 언성을 높이는 바로 그때였다.

"큰일 났습니다!"

갑자기 회의실 문이 활짝 열리며 무사 한 명이 다급하게 들어왔다.

제갈문경은 분노로 젖은 영호휘의 얼굴을 가만히 바라보다 수하에게 물었다.

"무슨 일이냐?"

"뇌옥에서 죄수들이 탈옥을 시도하고 있습니다!"

"뭐라?"

"푸하하하하!"

방금 전의 분위기가 삽시간에 뒤바뀌었다.

전혀 생각지도 못한 말에 제갈문경은 경악을, 영호휘는 파안대소를 터뜨렸다.

*　　*　　*

쉭! 쉬쉭!

검이 공간을 찔러 들어온다.

"제 뒤로 물러서 있으십시오."

"아, 알겠네!"

무성은 뇌옥의 협소한 공간을 이용했다. 방효거사를 등 뒤로 숨기고 적을 맞았다.

천검단. 제갈문경이 심혈을 기울여 탄생시킨 광견 두 명은 좌우에서 무성의 허리를 갈랐다.

두 천검단원은 눈빛으로 의사를 교환했다.

만약 무성이 한 명을 상대하기 위해 몸을 틀었을 경우, 다른 한 명이 빈틈을 틈타 방효거사를 압박하는 작전이었다.

'귀병은 상대하기가 까다롭다! 방효거사를 인질로 삼으면 충분히 제압할 수 있어!'

하지만 무성은 그들의 노림수를 눈치챘다.

쿵!

갑자기 진각(震脚)을 세게 밟았다.

쿠쿠쿠!

공간이 미약하게 떨리며 천장에서 부스스 돌가루가 떨어졌다.

가루는 공교롭게도 우측에 있던 천검단원 눈앞으로 떨어졌다. 시야가 일부 가려졌다.

"위험하다!"

천검단주가 다급히 소리쳤으나, 이미 무성은 보이지 않는 틈을 이용해 사각을 교묘하게 파고들었다.

진각의 관성을 이용해 천검단원의 품속으로 와락 뛰어들었다. 후방의 방효거사가 잠시 노출되는 것 따윈 아랑곳하지 않는 날렵한 동작이었다.

무성은 천검단원이 미처 방어를 하기 전에 벼락 같이 손을 뿌렸다.

퍽!

장심(掌心)은 단숨에 천검단원의 좌흉을 격타, 내가중수법으로 심장을 파훼했다.

무성은 피를 쏟으며 쓰러지는 천검단원의 허리를 잡고 측면으로 틀며 던졌다.

다른 천검단원은 방효거사를 잡으려다 말고 갑자기 짐이 더해지자 벽 쪽으로 밀려났다.

"컥!"

그 역시 움직이지 못했다.

동료의 시신 너머를 격(隔)하고 엄청난 충격파가 전신을 강타했다.

삽시간에 근맥이 잘리고 혈관이 모조리 터져 나갔다.

칠공으로 피를 토하며 벽을 타고 주르륵 미끄러졌다.

"이노오오오옴!"

천검단주가 분기탱천한 얼굴로 달려오며 무성을 향해 검을 날렸다.

무성이 비소를 흘리며 천검단원이 떨어뜨린 검을 발끝으로 차 올렸다.

"왜? 나와 싸워 보고 싶다 하지 않았었나?"

검을 낚아채며 중얼거렸다.

"원하는 대로 해 주지."

검을 횡대로 크게 내긋는다.

콰콰콰콰!

일순간 검이 부서지며 수십 개의 파편이 앞으로 쏘아졌다. 과거 천옥원에서 북명검수들을 잡았던 살공 기예, 파산검훼였다.

전면에서 달려들던 천검단주는 파편 일부는 튕겨 냈지만 나머지를 고스란히 얻어맞았다. 육신이 너덜너덜 걸레가 된 채로 절명해 버렸다.

뒤쪽에 있던 천검단원들도 다르지 않았다.

비좁은 공간에서 억지로 모여 있다 보니 피할 수 있는 공간이 한정되어 있었다.

그들은 서로 몸을 물리다 뒷사람의 발을 밟으며 균형을 잃고 휘청거렸다.

그 위로 덮친 것은 강맹한 힘을 담은 소낙비였다.

쿠쿠쿠!

천검단원을 포함한 간수 십여 명이 그 자리에서 곤죽이
되어 터져 나간다.

파편은 그들뿐만 아니라 벽도 잇달아 강타했다.

뇌옥이 크게 흔들리면서 일부 균열이 갔다. 균열은 벽면
을 타고 위로 올라가다 끝내 천장에 닿았다.

"뇌, 뇌옥이 무너진다!"

"피해라!"

먼지구름과 함께 천장이 그대로 내려앉았다.

*   *   *

"무, 뭐? 뇌옥이 무너져?"

보고를 받은 제갈문경의 안색은 파리해지다 못해 창백
해졌다.

"예. 그리고 잔해에서는 난동을 부린 두 죄수의 시신을
발견할 수 없었습니다. 모종의 방법으로 탈출을 한 듯합니
다."

"무슨……!"

제갈문경은 귀병이 어떤 존재인지 떠올리고 말았다.

북궁검가가 무신을 시해하기 위해 만든 비밀 병기.

그들은 무신련 안에다 정체를 알 수 없는 통로를 만들었다고 했다.

무신궁으로 이어지는 통로를.

"암로! 뇌옥에 암로가 있었던가!"

"푸하하하하! 진무성! 과연 진무성이야! 역시나 나를 실망시키지 않는구나!"

영호휘의 웃음소리가 쩌렁쩌렁하게 울렸다.

제갈문경은 적잖은 분노를 느꼈지만 꾹 참았다.

대신에 또 다른 생각에 미쳤다.

만약 무성이 추포되는 것이 저들이 짠 계획이었다면?

귀병가로 간 병력은 어찌 되는가?

"도, 동정호에 연통을 넣어라! 당장!"

*   *   *

푸드득!

매는 동정호 강변을 따라 하늘을 질주했다.

그 아래로 천룡위군이 섰다.

죽은 유상을 대신해 조장에서 삼대장으로 올라선 목우충이 부복했다.

"일대장을 뵙습니다."

"이리 예를 갖출 필요 없다. 이미 그대와 나는 동급이 되었으니."

일대장 적공단이 손사래를 쳤다.

그제야 목우충이 자리에서 일어나 고개를 조아렸다.

"놈들은?"

"세작에 의하면 아직 안에 있으리라 판단됩니다."

"제 스스로 칼날에다 목을 갖다 댄 줄도 모르고. 멍청한 새끼들."

동정호를 바라보는 적공단의 눈빛이 스산한 광망을 뿌렸다.

강변 건너편에는 요상한 모양의 목루(木樓)가 높다랗게 세워져 있었다.

동정호의 풍광이 한눈에 내려다보이는 장소다.

저곳이야말로 거경패에 이어 동정호와 악양의 흑도를 통일했다고 알려진 귀병가의 본거지.

이미 그 주변은 쥐새끼 하나 빠져나갈 수 없도록 천룡위군이 팽팽한 포위망을 갖췄다.

"다른 가문들에서도 귀병가를 손에 넣기 위해 움직인다는 소식이 있다. 군사께서 잡아 주신 유일한 기회. 이번엔 놓쳐서는 안 된다."

"존명!"

"그럼 시작하자."

적공단이 이를 꽉 깨물었다.

"천옥원에서 억울하게 죽은 동료들의 위령제를."

독사는 작게 난 창을 통해 밖을 보다가 길게 한숨을 내쉬었다.

"형님, 어쩌면 좋겠습니까?"

"몰라. 나도 기분 엿 같으니까. 대체 이걸 만든 지 얼마나 되었다고 이 꼴인지."

간독은 혀를 차며 투덜거렸다.

바보가 아닌 이상에야 바깥 상황을 모를 리 없다.

이렇게나 분위기가 무겁게 짓눌리는데.

"하여간 무성, 이 애송이 새끼. 일 좀 제대로 처리 안하고 어리병병하게 있으니까 이딴 꼴이나 당하지."

그때 문을 열고 막내 식귀가 들어왔다. 한쪽 눈에 안대를 찼다. 일 년 전에 독사를 간옹방주로부터 구하려다 얻은 상처였다.

그는 간독이 살아 돌아온 것을 알고 크게 기뻐하면서 귀병가를 세우는데 가장 크게 도와주었다.

"대형, 이거 생각보다 상황이 많이 안 좋은데요?"

"반발이 좀 심한가 보지?"

"반발 정도가 아니라, 이참에 대형 모가지 따서 갖다 바치면 살 수 있지 않겠냐. 뭐 이런 분위기던데요?"

귀병가에 몸을 담근 파락호들을 말함이다.

근래 귀병가가 영역을 확장하면서 상당수의 흑도인들이 포섭되었다.

옛 간웅방과 거경패의 사람들은 물론, 인근의 흑도 세력까지 흡수하면서 성도인 장사에도 영향력을 미칠 정도였다.

하지만 그것도 오늘부로 옛말이 되었다.

천룡위군이 다가온 이상에야 그깟 세력 따위 불붙은 종이호랑이 꼴에 지나지 않는다.

"하하! 개 같은 새끼들! 제발 살려 달라 통 사정을 해서 살려 줬더니 뒤통수 칠 생각을 해? 죄다 갈아서 물고기 밥으로 던져 버릴까?"

간독이 스산한 광망을 띠며 이를 갈았다.

독사와 식귀는 저도 모르게 화들짝 놀라 뒤로 물러서고 말았다.

한 번씩 간독이 저런 모습을 보일 때면 오금이 저렸다. 귀병가가 빠른 속도로 확장을 할 수 있었던 것도 모두 간독의 저런 투기 덕분이었다.

식귀가 조심스레 간독을 달랬다.

"어차피 한 번 쓰다가 버릴 놈들 아니었습니까?"

"뭐, 그거야 그렇지만. 그래도 나서긴 해야겠지."

"위험합니다!"

"위험한 거 나도 알아. 천룡위사? 나도 싸워 봤는데 북명검수 놈들보다 더 악독한 놈들이야. 그런데 말이야. 놈들은 날 건드렸단 말이야. 나를. 이 간독을."

간독은 텅 빈 한쪽 어깨를 벅벅 긁으며 웃었다.

"당할 때 당하더라도 쉽게 당해서는 재미없잖아? 안 그렇습니까, 북궁가주?"

고개를 돌린 곳에는 한 사내가 앉아 있었다. 곁에는 아리따운 용모를 가진 여인이 가만히 시립하고서 타인의 접근을 불허했다.

북궁민이 나이를 먹으면 이러할까?

오만한 눈빛을 가진 북궁검가의 주인, 북궁대연이 차갑게 일갈했다.

"닥쳐라. 내 비록 사활을 걸기 위해 어쩔 수 없이 네놈들과 손을 잡았다만, 네놈들이 내 아들의 원수라는 사실은 잊고 있지 않음이야."

간독은 눈으로 호선을 그렸다.

"꼭 그렇게 야박하게 말씀하실 필요는 없지 않습니까? 이미 같은 배를 탄 사이인데."

오월동주(吳越同舟).

사이가 나빴던 오나라와 월나라가 초나라의 위협을 받았을 때에는 같이 손을 잡았다. 그처럼 두 사람은 원수였지만 필요에 의해 연합을 구축했다.

무신련. 이 거대한 조직에 맞서기 위해서.

북궁대연은 유들유들한 간독의 태도가 마음에 들지 않는다는 듯 고개를 옆으로 홱 하고 돌렸다.

간독은 속으로 혀를 가볍게 찼다.

'고집불통인 노인네 같으니라고. 저러니 슬하에서 자란 북궁민이 그 모양이었겠지.'

상대를 깔본다. 자존심이 강하다. 오만하다.

북궁민과 판박이다.

하지만 그런 자가 직접 이곳까지 왔다는 것은 그만큼 상황이 여의치 않다는 뜻이리라.

그럴 만도 하다.

오랜 세월을 연구해 얻은 이법의 성과는 모두 영호휘의 손으로 들어갔고, 무신을 시해하려던 야망은 들통 나 목숨이 간당간당하다.

무신을 향해 무릎을 꿇고 사죄를 해도 모자란 마당에 낙양을 떠나 동정호에 왔다는 것.

북궁대연 역시 이번 일에 자신의 목숨을, 가문의 사활을 던졌다는 뜻이 된다.

이들 뿐만이 아니다.

직접 이곳까지 행차했다가 돌아간 제갈문경을 비롯해 하후도가도 움직였다. 무신의 대제자가 모종의 움직임을 보이는 것 같다는 정보도 잡혔지만 확실하지는 않았다.

남맹의 검룡부와 만독부도 심상치 않다.

그들은 아직 귀병가에 본격적인 접촉을 시도하지는 않았다.

대신에 가만히 사태를 관망하면서 개입할 시기만을 가늠하는 듯했다.

'하지만 곧 올 거라는데 내 목을 걸지. 현재 가장 조바심이 나는 건 무신련이 아닌 남맹이니까.'

이 상황에서 귀병가는 절대 문을 닫아걸지 않았다.

항상 문을 활짝 열어 놓고서 누구라도 찾아올 수 있게 해 두었다.

이미 귀병가의 움직임도 동정호 각지에서 활발하게 벌어지고 있다.

악양을 비롯해 동정호 주변의 넓은 대지가 이제 귀병가의 영역으로 들어왔는바.

본래 뒷골목은 지역의 크고 작은 소문들이 한데 모여들기 마련이다.

이를 바탕으로 구성된 정보망은 서로 촘촘하게 얽혀 사실의 진위 여부를 판별하고 속속들이 간독의 손아귀로 들어온다.

이제 동정호는 거대한 도박판이 되었다.

주인은 간독. 도박판에 참여한 것은 북련과 남맹의 여러 인사들이다.

그중 가장 먼저 주사위를 굴린 곳이 북궁대연이었다.

'아니. 정확하게는 옆에 있는 저 여자라고 해야겠지. 둘째 며느리라고 했었나?'

북궁대연의 옆에서 가만히 서 있는 여인.

무표정한 모습이 마치 석상을 조각한 것처럼 조용하기만 하다.

키는 작았지만 눈빛은 날카로웠다.

죽은 북궁민의 두 번째 부인인 금태연(金泰然)이다.

매우 영특해서 가문의 대소사를 책임진다는 실질적인 안주인.

지금도 입을 꾹 다문 채로 말은 없지만 주변을 살펴보는 눈길이 제법 매서웠다.

간독은 그녀에게서 독특한 냄새를 맡았다.

자신과 너무나 비슷한 냄새.

음습하고 우울함이 잔뜩 밴 지독한 악취.

'조심해야겠지. 도박판을 빼앗기지 않으려면.'

그때 금태연과 순간 눈이 마주쳤다.

간독은 차갑게 웃어 보였다. 금태연은 눈살을 찌푸리더니 고개를 옆으로 휙 돌렸다.

"언제 움직일 참이지? 계속 이러고 있어야 하나?"

북궁대연이 눈살을 찌푸리며 재촉한다.

속이 타는 것이다.

시간은 계속 흐르고 그에게 주어진 운명도 바닥을 향해 곤두박질을 친다. 급격한 반등을 이루려면 귀병가가 어떤 큰 수를 내줘야 했다.

바로 그때였다.

쿠쿠쿠! 와아아!

지축이 울리기 시작한다.

무사들이 달리는 소리가 귓가를 때렸다.

"형님!"

"다들 엔간히 급한가 보구만."

밖을 주시하고 있던 독사가 크게 소리치자, 간독은 천천히 자리에서 일어났다.

"그럼 우리도 시작해 볼까?"

천룡위군은 단숨에 돌격을 강행했다.

쾅!

"사, 살려주시오!"

"항복입니다! 항복 할 테니 제발 목숨만은…… 컥!"

흑도인들이 부리나케 튀어나오며 항복을 선언했다.

상대는 무장 집단. 그것도 강북에서 최고라 손꼽히는 부대다. 무신련의 제자가 이끌고 직접 키운 정예들이다.

그들 중 한 명만 나서도 삼류 파락호 따위 파리 목숨이나 다름없다. 그런데 이백 명이나 되는 고수들이 들이닥친다면 코끼리 떼에 짓밟히는 개미집이 되어 버린다.

더군다나 천룡위사들은 항복을 받지 않았다.

누가 되었건 간에 목루에서 나오는 순간 검으로 목을 그어 버렸다.

천룡위군은 천옥원에서의 일로 인해 귀병에 대한 분노가 머리끝까지 치민 상태다.

귀병과 관련된 것들을 지우고 싶어 하는 건 당연하다.

설사 놈들이 그 사실을 모른다 하더라도, 귀병가와 관련되어 있는 자들은 모조리 짓밟는다.

여기에 예외란 없었다.

척, 척, 척!

시체가 속출하고 핏물이 바닥을 흥건하게 적신다.

흑도인들은 살아날 방도가 없자 조금이라도 저항을 해

보려 했지만 헛된 짓에 지나지 않았다.

　퍽!

　목을 베고, 기둥을 뽑는다.

　목루가 한 축으로 기울며 어디서부턴가 불길이 올라와 집어삼키기 시작했다.

　"태워라! 죽여라! 모두 불살라 버려라!"

　목우충은 가장 선봉에 서서 흑도인들을 베고 또 베어나 갔다.

　온통 피로 칠갑을 하며 흉광을 번뜩이는 모습은 마치 지옥도에서 튀어나온 악귀 같았다.

　"귀병! 대체 어디에 있느냐! 숨어 있지 말고 나와라!"

　목우충은 고래고래 소리를 질러댔다.

　그는 반쯤 이성을 상실했다.

　그도 그럴 것이 바로 눈앞에서 대장이었던 유상이 죽었던 데다가, 무성의 압도적인 무력 앞에서 동료들이 모조리 죽어나가는 것을 힘없이 지켜봐야만 했다.

　그러던 것이 이제 다시 힘을 되찾았다. 복수를 꿈꾼다.

　그런데 기다리던 귀병은 보이지도 않는다.

　그러니 화가 날 수밖에.

　바로 그때였다.

　"애송이와 싸울 때는 뒤에서 숨어 있던 놈이 누구더러

지랄하는 거냐?"

스산한 살기가 귓가를 감돌았다.

동시에 목젖에서 차가운 감촉이 느껴졌다.

"컥!"

어느새 어둠이 스르르 열리며 외팔이 귀병, 간독이 나타났다.

"죽어."

푸확!

목우충은 힘없이 바닥에 주저앉았다.

탁!

간독은 녀석의 시신 위에 가볍게 일어섰다.

"귀병이다!"

"모두 탄벽창검진을 갖춰라! 놈을 사살한다!"

천룡위군이 일사불란하게 움직이며 대형을 갖추기 시작한다. 살벌한 기세가 맴돌면서 간독을 압박했다.

하지만 간독은 그 중심에서 팔짱을 끼고 오만하게 턱을 들었다.

"그래. 얼마든지 덤벼라. 네놈들 따위 수백 명이 달려든다 한들 이 간독이 눈 하나 깜빡할 것 같나?"

멀리서 상황을 지켜보는 눈이 있었다.

"간독이란 놈입니다. 귀병 중에서도 가장 실력이 떨어진다 하였으니 곧 어렵지 않게 제압할 수 있을 겁니다."

수하는 기뻐하며 보고했다.

그러다 적공단의 표정이 좋지 않다는 것을 깨닫고 조심스레 그를 불렀다.

"대장?"

"뭔가가 이상해."

"무엇이 말씀이십니까?"

"분명 내가 알기로 간독은 세 놈 중에서 가장 영악한 자다. 제 목숨을 가장 중요시 하는 자야. 그래서 절대 쉽게 앞으로 나서는 일이 없어. 그런데 나섰다고? 아무것도 없이 혼자서?"

"……!"

적공단이 주변을 둘러보았다.

"그리고 한 명이 더 있지 않나? 혈나한! 남소유는 어디에 있지?"

*   *   *

푸드득!

가녀린 팔뚝 위로 매가 조심스레 내려앉았다. 다리에는

전통이 들려 있었다. 내용물이 꽉 찬 전통.

"수고했어."

남소유는 전통을 열어 서찰을 꺼내며 내용을 살폈다.

*　　*　　*

적공단은 사색이 된 채로 소리쳤다.

"병력을 물려라! 어서! 이건 적의 계략이다! 함정이야!"

적공단은 조바심이 들었다.

무너지는 천옥원. 낙석에 생매장 된 수하들.

왜 그때의 악몽이 다시 떠오른단 말인가!

하지만 적공단의 명령이 전선에 닿기도 전에 전방위에서 함성이 울렸다.

와아아아!

"하하하하! 이런 노른자위 땅을 혼자서 꿀꺽하려 하다니! 너무 욕심이 많은 것 아닌가, 북련의 졸자들아?"

쩌렁쩌렁하게 울려 퍼지는 사자후!

동정호에서 불어온 강바람이 깃발을 힘차게 펄럭이게 만든다.

깃발에는 거친 초원을 누비는 늑대가 그려져 있다.

"혀, 혈랑단(血狼團)이 대체 여긴 어떻게?"

중원은 북련과 남맹이 있어 거대한 세력을 구가한다. 덕분에 전통 강호였던 구대문파는 근래 힘을 잃고 문을 걸어 잠글 정도였다.

하지만 새외는 어느 때보다 많은 세력들이 난립했다.

그중에서도 혈랑단은 북막(北漠)의 삭풍(朔風)을 맞으며 살아가는 마적 집단이다.

하지만 그들을 단순한 마적이라 여길 순 없다.

그들 하나하나가 중원에서 죄를 짓고 달아난 마두들이 대부분이다. 최소 일류 이상의 뛰어난 세력을 구가하는 고수들이다.

특히 혈랑단주는 신주삼십육성에 꼽힌다.

적천낭도(赤天狼刀) 마구유(馬九幽)!

마구유는 수많은 양민들을 약탈하고 학살한 죄인.

무신련에서도 그를 잡기 위해 혈안이 되어 있어 스스로가 중원으로의 침입을 자제하고 있다.

그런 이가 어떻게 중원의 한복판, 동정호 한가운데에서 나타날 수 있단 말인가!

그것도 혈랑단 오백 인, 전체를 이끌고서!

처처척!

마구유를 따라 사방에서 무사들이 한데 나타나 천룡위군의 후미를 장악한다.

앞은 동정호, 뒤는 혈랑단.

진퇴양난(進退兩難). 천룡위군이 빠져나갈 수 있는 길은
어디에도 없었다.

"북궁대연, 그 아저씨의 도움이 컸지. 역시나 북궁검가!
탐욕함의 대명사는 어디 가지 않아!"

마구유가 히죽거린다.

적공단은 머릿속이 새하얘지고 말았다.

"북궁검가! 당신들이 기어코⋯⋯!"

북궁가주 북궁대연의 처는 병부상서의 딸이다.

현 병부상서는 일흔이 넘은 나이임에도 불구하고 노익
장을 과시하며, 병력의 전권을 바탕으로 무소불위의 권력
을 휘두른다고 알려진바.

만약 군부의 비호를 받은 것이라면 혈랑단이 중원 한복
판에 등장하는 것도 무리는 아니다.

제아무리 신기수사 제갈문경이 대단하다고 한들, 군부
의 일까지 알 수는 없는 노릇이니.

"사실 우리가 온 건 무신의 목을 베기 위해서였는데 말
이지. 뭐, 천룡위군이라 하면 무신의 손가락 하나쯤은 될
테니까 그걸 위안으로 삼으면 되려나? 키키키킥!"

혈랑단을 낙양 한복판에 떨어뜨려 무신련을 단숨에 혼
란으로 몰아넣고, 그 틈을 타 귀병들을 투입시킨다.

귀병은 아주 조용히 들어가 무신의 목을 베고 나온다.

기실 이것이 무신을 시해하기 위해 북궁검가가 짜두었던 계획의 주요 골자다.

하지만 북궁민이 죽은 순간부터 일은 틀어졌다.

그렇다고 해서 미리 짜 둔 계획들을 버릴 수는 없다.

돌리고 돌려서 혈랑단의 칼끝은 천룡위군을 겨눈다.

"아아……!"

적공단은 좌절하고 말았다.

서로 원수라고 생각했던 귀병과 북궁검가가 서로 손을 잡았을 때부터 일은 급격하게 틀어졌다.

원수였던 오나라와 월나라가 손을 잡은 것처럼.

귀병과 북궁검가는 무신련을 치기 위해 기존의 계획을 복구시켰다.

'간독! 금태연! 네놈들이냐!'

적공단은 이런 일을 꾸몄을 귀병가의 능구렁이와 북궁검가의 암여우를 떠올리며 이를 갈았다.

검을 쥐는 손길에 힘이 잔뜩 실렸다.

"후후후! 이렇게 간만에 중원 냄새를 맡아보니까! 좋구만. 정말 돌아가기가 싫어!"

"키키키킥! 거기다 물 좋기로 유명한 악양이 아닙니까?

거칠기만 한 북방 계집들만 상대하다가 살결 야들야들한
계집들을 보니. 꿀꺽! 헤헤헤."

"단주, 이참에 저놈들 후딱 해치워 버리고 계집질이나
하러 가시지요?"

마구유와 함께 마적 떼들은 낄낄거리기에 바빴다.

하지만 두 눈은 흉광으로 번뜩인다.

먹이를 노리는 승냥이 무리 같다.

마구유는 이질적인 광망을 번뜩이며 적공단과 시선을
마주했다.

"여하튼 지난 빚은 갚아야겠지? 영호휘, 그 개새끼한테
당한 상처가 아직도 욱신거려서 말이야. 그때 네놈은 여기
다 상처를 냈지."

마구유는 한쪽 눈을 가로지르는 상처를 손으로 쓰다듬
었다.

손가락은 볼을 타고 지나 우측 머리카락 사이로 들어갔
다. 그곳에는 있어야 할 귀가 없었다.

삼 년 전, 영호휘가 자신의 실력을 입증해 보이겠다며
직접 가신들을 이끌고 북방으로 간 적이 있었다.

당시 마구유는 영호휘와 부딪쳤다.

서로 양패구상을 이루긴 했으나, 마구유는 그 대가로 한
쪽 눈을 잃어야만 했다.

거기에 더해 영호휘의 오른팔, 적공단이 기습을 감행하면서 우측 귀를 가져가 버렸다.

"여기에 영호휘는 없으니 네놈이 주인의 값을 대신 받아야겠다."

"……."

적공단은 이를 악물었다.

"쳐라!"

와아아아!

"죽여라!"

"삼 년 동안 지독하게 우리를 괴롭혔던 놈들이다! 싹 쓸어버려라!"

혈랑단 오백 인이 동정호를 향해 매섭게 달렸다.

북막의 삭풍을 가로지르는 늑대처럼.

목루에 들이닥쳤던 천룡위사들의 안색이 창백해졌다.

"대, 대장이 위험하다!"

천룡위사들의 눈에 비친 혈랑단은 마치 거세게 밀려오는 붉은 해일 같았다.

그들은 간독을 에워싸던 진형을 물리기 시작했다.

지금은 귀병 따위를 포획할 때가 아니다.

혈랑단을 막지 않으면 자신들이 이곳에 묻힐 수 있었다!

천룡위사들이 일제히 등을 돌리려는 그때,

"너희들, 이 간독이 왜 굳이 귀찮게 직접 이곳까지 왔다고 생각해 본 적 없냐?"

"무, 무슨!"

쿠쿠쿠!

땅이 떨리기 시작한다. 목루가 흔들린다.

그리고 들리는 소리. 뭔가 터지는 소리다. 폭음.

"이 소리, 익숙하지?"

"서, 서, 설마! 네놈……! 수하들이 있는 데서!"

천룡위사들은 겨우 잊고자 애썼던 악몽을 떠올렸다.

무너지는 천옥원. 폭발하는 화탄!

"여기서 죽을 놈들 따위 내 알 바 아니야. 어차피 쓰다가 버릴 놈들이었거든."

땅에 균열이 간다. 균열 아래로 불빛이 비쳤다.

붉은 불빛은 다리를 타고 올라와 간독의 얼굴을 아래에서 비추었다.

번뜩이는 입술이 악마의 미소처럼 매혹적이었다.

"그럼 잘 가라고."

"안 돼애애애애애!"

콰콰쾅!

목루가 통째로 터져 나가며 불기둥이 하늘로 솟구쳤다.

거친 지진과 함께 동정호가 거친 파도를 일으키면서 목루가 있던 자리를 그대로 덮쳤다.

  퍼퍼펑! 우르르!

  대지가 크게 흔들린다.

  폭발이 명멸을 거듭하며 불꽃을 뿌려 댄다.

  동정호의 물결이 거세게 출렁거리면서 적공단 등이 있는 곳까지 닿았다.

  "안 돼애애애애애!"

  적공단은 고막이 찢어질 것 같은 폭음에 비명을 질러 댔다.

  저곳에는 수하들이 있었다.

  평생을 함께한 수하들이! 전장을 같이 누볐던 동료들이!

  천옥원에서 때처럼 천룡위사들은 별다른 저항도 해 보지 못한 채 그대로 폭발과 화마에 휩쓸려 나갔다. 거센 파도에 허무하게 무너지는 모래성처럼.

  귀병가는 애초에 이것을 노렸다.

  천옥원에서의 공포를, 재앙을, 악몽을 재림시키려 했다.

  그때의 일은 사실 아무것도 아니었다는 듯이.

  너희들을 송두리째 지워 버리겠다는 듯이.

  "아, 아아……!"

적공단은 바닥에 무릎을 꿇고 말았다.

고개를 떨어뜨린다.

수하들이 없는 곳에서 자신이 대체 뭘 할 수 있단 말인가?

폭발에서 겨우 살아남은 수하들도 있긴 하다. 하지만 그들은 화상을 잔뜩 입은 채로 겨우 숨만 헐떡였다.

그마저도 혈랑단이 목덜미를 끊어 버렸다.

하나하나씩. 착실하게. 죽은 자들의 목까지 뜯어 버린다. 착실하게 확인 사살을 해 나간다.

천룡위군이 귀병가에 지독한 원한을 가졌듯이, 혈랑단 역시 천룡위군을 가장 증오한다.

지난 삼 년간 중원에는 출입도 하지 못하게 만든 이들이 천룡위군이었으니. 지독하게도 쫓아와 그들을 토벌하고자 했던 놈들이니.

그때의 원한을 모두 앙갚음 하려는 것이다.

낙양을 쑥대밭으로 만들 수 있게 해 주겠다는 약속을 갑자기 바꿨는데도 불구하고 그들이 받아들인 이유는, 천룡위군을 지울 수 있게 해 주겠다는 약조 때문일 것이다.

"뭐야, 이거? 너무 시시하잖아? 그래도 나는 좀 더 발악하길 원했는데. 제기랄!"

마구유는 혀를 걸어찼다.

"그래도 한 놈이 남아 있으니 운이 좋구만. 키키키킥!"

스르릉!

칼날이 적공단의 목 뒷덜미에 닿았다.

적공단은 서늘한 감촉이 닿았지만 꿈쩍도 않았다.

이미 저항할 의사 따윈 모두 사라지고 없었다.

"그러니 이만 죽어."

"……."

서걱!

적공단의 목이 떨어졌다.

                    *   *   *

제갈문경은 동정호의 사태를 확인하는 한편, 혹시나 하
는 생각에 사대 가문의 동향을 살폈다.

"북궁가주가 부재중이라 합니다!"

"안찰부의 소환을 말없이 거부해 집행사자들이 움직였
습니다!"

"지금모란(至金謀蘭)도 같이 자취를 감췄습니다!"

"한 달 전까지만 해도 북방에서 기승을 부리던 혈랑단
이 장성을 넘은 흔적이 발견되었습니다! 군부가 개입된 듯
합니다!"

"하후가주가 일공자를 만나길 청했습니다!"

속속들이 들어오는 보고.

빗발치는 정보의 홍수 속에서 제갈문경은 정신이 아찔해지는 것을 느꼈다.

"흠! 사형이 하후가주와? 그건 좀 마음에 안 드는군."

영호휘는 두툼한 손으로 턱 끝을 쓰다듬으면서 작게 중얼거렸다.

모사들이 가져다주는 보고는 사실 다모각의 주인인 제갈문경만이 알아야 하는 비밀 사안이다.

하지만 일이 이렇게까지 된 마당에 숨기는 것도 무의미하다.

"남맹은? 남맹의 움직임은 어떠하냐?"

"아직 별 큰 동향은 보이지 않습니다. 다만, 검룡부는 창궁무애(蒼穹无涯)를, 만독부는 독사갈(毒蛇蝎)과 염호리(艶狐狸)를 파견했습니다."

창궁무애는 검룡부의 무력을 상징하는 고수다. 검존의 동생으로서 수양의 깊이는 따르지 못하나, 순수한 검술 실력만 따진다면 검존을 능가한다는 평가를 받을 정도다.

독사갈과 염호리는 만독부가 가장 애지중지한다는 두 마리의 애완동물이다.

비록 당(唐)씨 성을 가지지 않은 외인이나, 독존이 누구보다도 절실히 아낀다.

독사갈 역시 신주삼십육성의 고수. 염호리는 거기에 미치지 못하나, 만독부가 자랑하는 지낭이다.

거물들이 움직였다.

결국 남맹 역시 실질적인 움직임은 없어도 호시탐탐 기회를 노린다는 뜻이 된다.

'더 이상 내 손으로 제어할 수준을 벗어났단 말인가?'

북궁대연이 움직였다. 그가 아들에게도 숨겨 뒀던 패인 혈랑단을 판 위에다 던졌다.

하후가주와 일공자도 준비를 한다.

남맹도 기회를 엿본다.

제갈문경은 귀병가를 빠르게 제압하고 나면 사대 가문의 가주들에게 단단히 경고를 할 생각이었다.

내가 언제나 지켜보고 있다고. 무신의 손길은 어디에나 닿노라고.

하지만,

'도리어 내가 직접 움직이면서 기름을 부어 버린 꼴이 되어 버렸다.'

귀병은 이제 불길이었다. 활활 타오르는 화마였다.

무신련을 태우기 위해 타오르는 화마.

"크크크큭!"

그때 영호휘의 웃음소리가 제갈문경의 귓가를 때렸다.

방금 전까지만 해도 우습게만 여겨지던 어린아이였는데. 이제는 심히 거슬린다.

"무엇이 그리도 웃긴가? 동정호로 간 것은 천룡위군이 아닌가? 자네의 수하들이 위험에 잠겼는데도 웃음이 나오는가?"

영호휘가 차갑게 웃었다. 패기가 물씬 풍겨 나온다.

여유에서 묻어 나오는 오만함이다.

"실력이 안 되면 도태되는 것이 바로 이 강호요. 제 놈들이 멍청해서 당한 것인데 어쩌겠소? 그래도 조금 아쉽긴 하군. 만드느라 꽤 고생을 했었는데."

"……!"

영호휘는 대수롭지 않다는 듯이 가볍게 어깨를 으쓱거렸다.

"뭐 그래도 그깟 무사들 따위 다시 만들면 그만 아니오? 나를 따르는 자들은 많고, 그들을 고수로 만들 재력과 권력은 충분히 있소."

"……."

영호휘의 두 눈이 패기로 물든다.

제갈문경은 입술을 꾹 다물었다.

'이 정도였던가?'

제갈문경은 여태 영호휘를 과소평가하고 있었다.

그저 의욕만 넘치고서 생각은 짧은 어린아이라고만 여겼다.

그런데 그것이 아니었다.

분명 젊은 나이로 인한 혈기를 주체하지 못하는 것은 맞다.

하지만 그 혈기를 필요한 곳으로 소모한다.

버릴 때는 아끼지 않고 가감 없이 버린다.

이것이야말로 영호휘가 어린 나이에 가주가 되고도 영호권가를 사대 가문 중 최강으로 만든 원동력이리라.

"진무성은 사라졌고, 귀병가는 판을 너무 크게 벌렸소. 다 잡았다 생각했던 것이 사실은 바람에 지나지 않았음이니. 이제 어쩔 요량이시오?"

영호휘가 짓궂은 미소를 지으며 묻는다.

제갈문경은 길게 한숨을 내쉬었다.

갑갑하다. 답답하다.

그러나 나락으로 떨어졌다고 생각은 하지 않는다.

세속의 영달과 권력에 대해 전혀 무관심한 무신을 모시고서 오늘날의 무신련을 일궜다.

그 과정에서 이보다 어려운 일을 겪지 못했겠는가?

아니다.

수많은 난관에 몸소 부딪치고 역경에서 일어섰다.

그러다 끝내 하늘 아래 홀로 무신련만이 최강이라 만인이 인정케 만들었으니.

지금 돌이켜 보면 그 모든 일들이 사실은 자신이 일어서게 해 준 양분이며 발판이 되어 주었다.

그러니 이번 일 역시 위태로운 무신련을 더욱 단단하게 묶어 줄 기회라 여겼다.

"어쩌긴 뭘 어쩌겠나? 제아무리 크게 날뛴다고 한들 어차피 제깟 놈들이 날뛰어 봤자 용의 콧수염이라도 잡아당기면 다행이지."

제갈문경은 다시 군사로서의 여유를 되찾았다.

"어차피 놈들은 얼마 가지 못할 걸세. 목줄이 채워진 개는 얼마 도망치지 못하고 돌아와야 하는 법이지."

"뭐요? 그 목줄이라는 것이?"

쥘부채가 살랑살랑 흔들린다.

"내게 계집이 두 명 있다네."

*   *   *

앞이 보이지 않는 캄캄한 통로.

사람 하나 제대로 일어설 수 없을 만큼 비좁고 낮다.

허리를 숙이고서 종종걸음으로 겨우겨우 걸음을 옮기는 것이 고작이었다.

"괜찮으십니까?"

"으음! 미치겠구만. 앞은 아예 보이질 않고 길은 영 비좁기만 하니. 나같이 뚱뚱한 사람은 대체 어찌 다니라는 건지."

앞서 걷다가 갑자기 굽은 통로에서 발을 헛디디고 넘어지려는 방효거사를 뒤에서 잡아주었다.

방효거사는 걷는 내내 투덜거리기에 바빴다.

"거기다 먼지는 또 왜 이리 많은지. 여기 청소는 아예 안 하는 건가?"

"어쩔 수 없지요. 북궁검가에서도 최대한 조심히 다뤄야 했을 테니까요."

"에잉! 이런 좋은 시설을 만들고도 제대로 이용도 못하고. 하여간 멍청한 놈들. 쯧쯧쯧!"

여유를 되찾았기 때문인지 방효거사는 본래의 성정이 튀어나오고 말았다.

욕심 많고 불만 많은 존재.

하지만 무성은 방효거사의 그런 면이 싫지 않았다.

불만은 가득해도 어떻게든 해내고야 만다. 직접 몸으로 부딪치기를 주저하지 않으며, 자신에게 주어진 것을 해결

하려 한다.

무신련을 상대하려는 것도. 딸을 만나려는 것도.

"그나저나 이제 어떻게 할 참이신가? 제갈가 놈에게 한 방 먹여서 기분 좋긴 하다만, 그래도 여전히 우리는 목줄이 걸린 신세가 아닌가?"

'유화.'

무성은 어딘가에서 자신을 애타게 기다리고 있을 여인을 떠올렸다.

그녀에게는 항상 미안하기만 하다.

동정오우 때도 그렇고 지금도 그렇고. 항상 그녀의 도움만을 빌리며 그녀를 위험으로 내몰고 만다.

방효거사 역시 딸이라는 인질이 제갈문경에게 있는 이상 움직일 수 있는 범위가 국한되고 만다.

"제갈가 놈이 그 아이들 곁에 병력을 단단히 배치시킬 것인데."

"예전에 저와 동료들을 사냥개에 비유하며 목줄을 걸던 자가 있었습니다."

무성은 대답 대신 전혀 생뚱맞은 이야기를 꺼냈다.

방효거사는 무슨 뜻인지 몰라 고개를 갸웃거리다 이내 말뜻을 알아차리고 피식 웃음을 터뜨렸다.

"그 목줄을 자네들이 스스로 끊어 버렸지 아마?"

"예. 이번에도 끊어 버릴 겁니다."

방효거사는 빛 한 점 없는 공간 위로 시푸른 귀화가 타오르는 것 같다는 생각이 들었다.

"어찌할 참인가?"

"목줄을 끊으려면 날카로운 칼을 찾아야지요."

*　　　*　　　*

"목줄이라? 확실히 군사, 당신이 그 줄을 가지고 있는 한 진무성과 방효는 얼마 움직이지 못하고 돌아올 거요."

영호휘는 천천히 자리에서 일어났다.

"하지만 알 것 아니오? 무성, 그놈이 북궁민이 채웠던 목줄을 어떻게 끊어 버렸는지."

"허허허! 야심에 찬 자들은 먼 곳만을 보기에 가까운 것을 못 보는 경우가 허다하지. 하지만 나와는 전혀 관계가 없는 이야기라네."

제갈문경이 가볍게 웃었다.

"나에게는 야심이 없거든."

"하긴 그도 그렇군."

"어쨌든 동정호에서의 일은 귀찮게 되었지만 방법이 없는 건 아니라네. 차라리 잘 되었다 싶으이. 본련을 안에서

부터 좀 먹고 있던 기생충이 알아서 빠져나갔으니. 몸집을 너무 불렸으니 살을 뺄 때도 되었어."

북궁대연은 끝까지 무신련 내에 있어야 했다.

안찰부의 집요한 추궁이 있었어도 끝까지 자신과는 무관하다며 잡아뗐어야 했다.

하지만 무신궁의 권위를 무시하고 그가 밖으로 나가는 순간, 북궁검가의 운명은 끝났다.

북궁검가는 무신련 안에 있었기에 여태 칭송을 받는 것이지, 제 힘으로 그만한 자리를 이룩한 것이 아니다.

"꼭 나를 두고 하는 말씀이신 것 같군."

"허허허! 그렇게 들렸다면 미안하이."

영호휘는 호선을 그리던 제갈문경의 눈을 바라보다 몸을 돌렸다.

"하면 나는 이만 가겠소. 남은 일, 좋게 마무리되시길 기원하겠소."

"잘 가시게. 일이 바빠 멀리 나가지 못한다네."

영호휘는 거처인 거룡궁(巨龍宮)에 도착했다.

어느새 해가 저물고 달이 내려오고 있었다.

집사에게는 피곤해서 쉴 것이니 누구의 접근도 허락지 않는다 말하고는 자신의 방으로 들어왔다.

"능구렁이 같은 영감 같으니."

유들유들하기만 한 제갈문경의 태도는 생각하면 할수록 영 마땅치 않았다.

"그대도 그리 생각하지 않나?"

영호휘의 시선이 창가로 향했다.

쏴아아아!

바람이 분다. 창문을 가리던 천이 나풀거린다.

분명 아침까지만 해도 꼭꼭 닫아 놨던 창문이 활짝 열려 있었다.

창 너머로 달이 비친다. 달빛이 내려와 창가를 비춘다.

"확실히 그렇지."

창가에 무성이 무심한 얼굴로 앉아 있었다.

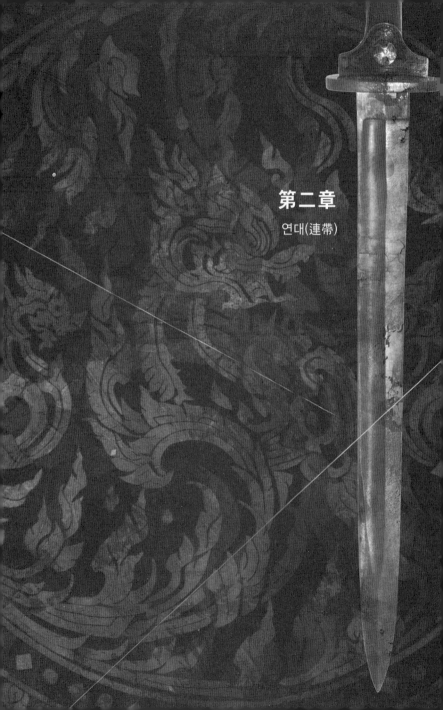

第二章

연대(連帶)

영호휘가 차갑게 웃었다.

입술이 비틀어지며 송곳니가 훤히 드러났다. 막중한 중 압감이 실내를 가득 메웠다.

"생각보다 빨리 찾아왔군."

"말했었잖아? 숙부님이 틀리지 않았다는 걸 보여 주겠다고."

"확실히 알았다. 묵혈, 정말 대단한 자야."

짝! 짝! 짝!

영호휘는 가볍게 박수를 쳤다.

"동정호를 이용해 무신련의 이목을 잡아끌고 사대 가문

내의 알력을 유도한다. 거기서 생긴 틈을 따라 칼을 박아 목덜미를 뜯어 버린다."

"……."

"아주 단순하지만 정말 대담하고 치밀한 계획이야."

영호휘가 씩 웃으며 물었다.

"이게 전부 묵혈의 솜씨겠지?"

무성은 입을 꾹 다문 채 가만히 있었다.

영호휘는 그것을 무언의 긍정으로 받아들였다.

"하하하! 죽은 공명(孔明)이 산 중달(仲達)을 쫓았다는 말은 들었지만, 그보다 더 한 일이 있을 줄이야!"

한유원은 살아생전에는 빛을 전혀 보지 못했다.

주변의 시샘과 질투로 인해 맑은 진주 같은 재능을 구정 물 속에 더럽히고 있다가 죽은 후에야 빛을 발하기 시작했 다.

귀병이라는 자들을 통해서, 세상을 비추는 빛!

"물론 너희들의 공이 없다는 것은 아니다. 묵혈이라고 해서 어찌 모든 정세를 자로 잰 듯이 딱딱 예측할 수 있었 을까? 아마도 대략적인 판도를 짜 두고, 여러 갈래로 방법 을 제시했겠지. 너희 귀병들은 그것을 때에 맞게 바꿔가며 묵혈의 의도대로 길을 끌어 나갔고."

오랜 역사 동안 의욕적이고 똑똑한 재상은 많았다.

하지만 그들 중 대다수가 제대로 된 업적을 이루지 못했다.

이유는 간단하다.

사람을 부리는 것이 쉽지 않기 때문이다.

의도한 대로만 세상을 이끌 수 있다면 어찌 세상에 태평성대가 오지 않았겠는가.

그것이 힘들기에 밑에 인재를 필요로 하는 것이다.

대국(大局)을 올바르게 이끌어 갈 수 있는 좋은 인재를.

그런 면에서 보자면 귀병은 정말 대단하다.

한유원이 그린 대국을 고스란히 이끌어 가고 있으니.

아니, 그 이상을 보여주고 있다.

귀병 하나하나가 뛰어난 인재들이며, 그들 간에 엄청나게 깊고 끈끈한 유대가 있기 때문이다.

여러 이점들이 서로를 자극하고 자극해 상승 효과를 보여주고 있다.

영호휘는 그것이 아쉬웠다.

그 역시 세상을 휘어잡으려는 야심가가 아닌가.

영호권가를 사대 가문 최고의 세력으로 만들었고, 천룡위군을 직접 창설해 힘의 기반으로 삼았다.

그런데도 여전히 모자라다는 생각을 계속하고 있는데, 이들은 얼마 안 되는 인력만 가지고서 무신련이라는 거대한 조직을 흔들어 대고 있다.

대체 이런 자들이 어찌 한꺼번에 세상에 쏟아졌을까.

어째서 이들을 조금 더 빨리 만나지 못했을까.

그리고 왜 적이 되고 말았을까?

"아쉬워. 정말 아쉬워. 그대들을 가질 수만 있었다면 정말 많은 것들이 달라졌을 것을."

"이미 늦었어."

"그래. 늦었지. 서로가 주고받은 것이 있으니."

영호휘는 고개를 절레절레 흔들었다.

자신은 한유원의 목숨을 빼앗았다. 귀병은 천룡위군을 앗아 갔다.

제갈문경의 말에 영호휘가 코웃음을 치기는 했으나, 말처럼 정말 쉽게 생각지는 않았다.

그가 심혈을 기울여 탄생시킨 자들이다.

오로지 자신만을 바라보며 대업을 위해 고군분투하던 자들이다.

저들에게는 한유원이 중요하듯, 그에게도 천룡위군이 중요했다.

"그래. 이곳까지 직접 찾아왔다는 것은 내 목을 가지러 온 것일 테지?"

영호휘가 주먹을 꽉 쥔다. 입술 끝이 비틀린다.

막중한 패기가 뭉클뭉클 풍긴다.

발산거력패(拔山巨力覇)!

오늘날 영호권가를 있게 만든 절학이다.

역발산기개세(力拔山氣蓋世)라는 말이 있다. 초나라의 항우(項羽)가 자랑하던 힘을 가리키는 수식어다.

영호권가의 시조는 여기서 무공을 창안했다.

기세만으로 산을 뽑고 세상을 뒤덮을 무공을.

이것이 영호휘의 대에 와서 무신의 무공과 합쳐지고, 나아가 외경거마의 둔황조공까지 더해졌다.

영호휘가 젊은 나이에도 신주삼십육성에 오르고 영호권가를 중흥시킨 것은 절대 우연이 아니다. 뛰어난 능력과 엄청난 무력을 겸비하고 있기 때문이었다.

쿠쿠쿠!

단순히 패기를 발산한 것인데도 불구하고 거룡궁이 통째로 흔들린다.

영호휘는 오만한 눈빛으로 무성을 향해 손짓을 했다.

"오라."

무성은 천천히 검병에 손을 얹었다.

두 눈은 어느 때보다 깊게 가라앉았다.

'과연 잡을 수 있을까?'

감각을 극대화한 영통결은 많은 것들을 비춘다.

영호휘를 휘감고서 거미줄처럼 뿌려지는 무형지기. 그가 갖고 있는 거력. 세상을 짓누르는 패기.

마치 거대한 태산을 눈앞에 두고 있는 것 같다.

너무나 높다랗고 벼랑만 가득해서, 오를 엄두도 내지 못하는 태산.

영호휘를 정면에서 대적하고 있노라면 몸이 그대로 짓눌려 짜부라질 것만 같았다.

북궁민을 처음 만났을 때에도 이 정도는 아니었다.

아니, 그런 존재와는 비교 자체를 거부한다.

이것이 사대 가문의 가주가 가진 힘이다.

신주삼십육성에 오른 초절정고수의 힘이다.

'그리고…… 무신의 제자가 가진 힘.'

무성 역시 변이의 완성을 겪으면서 비약적인 무력 상승을 경험했다.

이제는 웬만한 절정고수와 자웅을 겨뤄도 이길 수 있으리라 자신했다.

하지만 신주삼십육성은 그런 그와 비교를 거부한다.

그렇다면 그 정점에 선 무신은?

제자가 이 정도일진대, 삼존은 어떠하며, 그 위에 있다는 무신은 얼마나 강할지 가늠도 할 수 없다.

'지금의 나는 절대 영호휘를 이길 수 없어.'

무성은 냉정하게 자신의 상태를 파악했다.

무력? 영호휘에 비하면 보잘것없다.

살공? 영호휘 역시 귀병의 능력을 모두 보유했다.

암살? 과연 그가 등을 보일 정도로 호락호락할까?

무성이 영호휘에 비해 가진 이점은 전무하다.

반면에 영호휘는 무성에 대해서 너무 속속들이 잘 안다.
과거사, 능력, 실력까지 전부. 파훼법도 머릿속에 담아 있
을 것이다.

그렇다면 방법은 하나다.

'한 발 물러선다.'

무성은 검병에서 손을 뗐다.

'손을 떼?'

영호휘는 눈살을 찌푸렸다.

"대체 무슨 생각이냐?"

노호를 터뜨린다.

용이 으르렁거린다.

패기로 단단히 무장한 용이 콧김을 거칠게 내뿜자 세상
이 그대로 무너져 내리는 듯한 착각이 인다.

하지만 무성은 눈 하나 깜빡하지 않았다.

두 눈에 핀 귀화만이 고요히 타오를 뿐.

"보름이다."

"무엇이 말이냐?"

"내게 남은 일수."

"……!"

"너 역시 귀병이었으니 잘 알 텐데? 이법이 가진 치명적인 약점을."

"생명을 깎아 능력을 배향시키지."

"맞아. 그리고 나는 그 정도가 심해. 그마저도 최대한 자제해서 얻은 시간이지. 무공을 발휘하면 발휘할수록 허락된 시간은 자꾸 줄어들어."

영호휘는 이맛살을 좁히며 패기로 무성의 몸을 낱낱이 살폈다.

무성은 별다른 저항을 하지 않았다.

자신의 모든 것을 낱낱이 보여주었다. 자신의 실력, 몸 상태까지도.

"……진짜로군."

영호휘는 기가 찼다.

고작 한 달도 안 되는 시간을 갖고서 이런 난동을 부린 것이라고? 이 천하의 영호휘를 인정케 한 사내가 고작 그 정도의 시간밖에 못 산다고?

"분명 너에 대한 원한은 잊지 않았어. 하지만 내게는 그보다 더 먼저 해야만 하는 일이 있지."

무성의 말에 영호휘는 작게 중얼거렸다.

"주익."

"그래. 너의 막내 사제가 되어 버린 녀석. 그놈을 죽여야 해. 하지만 그놈의 곁에는 항상 무신이 달라붙어 떨어지질 않는다지?"

영호휘는 그제야 무성의 말뜻을 알아차렸다.

"제아무리 사제지간의 정이 없다 하나, 설마 나더러 사제를 죽이는 것을 도우란 것이냐?"

무성이 피식 웃음을 터뜨렸다.

"사형도 못 죽여 으르렁거리는 마당에 사제를 못 죽이나? 아니면 사부인 무신이 무서운 건가?"

영호휘는 자존심을 긁어대는 조롱에 심사가 언짢아졌다. 하지만 화를 꾹 눌렀다.

"내게 득이 없기 때문이다."

무신의 진노만 사고 끝날 일이다.

사부는 세속에 관심이 없지만 자신이 가진 것에 손을 대는 것은 싫어한다.

만약 그분의 눈 밖에 나 버린다면 제아무리 대단한 업적을 쌓아 올린다 해도 무신련의 주인이 될 수 없다. 그때는 여태 쌓아 올린 모든 것을 잃어버리게 된다.

지금이라도 당치 않는다며 무성을 눌러 죽이면 된다.

하지만 그러기가 싫다.

녀석이 꾸미려는 일을 조금 더 보고 싶다.

분명 이번에는 무신련, 그 자체를 뒤집어 버릴 일을 꾸미고 있을 것이다.

"득을 만들어 주지."

영호휘는 귀가 솔직해지는 자신을 억누를 수 없었다.

"어떻게?"

"듣자 하니 너는 가문, 지위, 실력까지 모두 겸비하고도 이제자라는 직함 때문에 무신련의 대권을 쥐지 못했다던데. 또한, 영호권가의 집권을 막으려는 다른 사대 가문의 견제 때문에."

확실히 대공자와 다른 사대 가문, 이 두 가지가 영호휘의 발목을 잡고 있다. 족쇄다.

"한데?"

"족쇄를 모두 풀어 주겠어."

"호오?"

영호휘의 패기가 점차 사그라진다.

대신에 입가가 잔뜩 벌어진다. 미소가 맺힌다.

본능적으로 이 녀석이 커다란 무언가를 줄 것이란 생각

이 강하게 든다.

"먼저 사대 가문부터."

"……?"

영호휘는 더욱 의문에 찬 얼굴로 무성을 노려보았다.

하지만 무성은 담담히 웃기만 했다.

그 미소가 마치 한유원을 연상케 했다.

＊　　　＊　　　＊

동정호.

거센 폭발과 폭풍이 휘몰아쳤던 소란이 사그라졌다.

새카맣게 타 버린 잿더미가 수북하게 앉은 땅. 그중 한 부분이 위로 열렸다.

"후우! 정말 죽을 뻔했구만."

간독이 지상으로 머리를 꺼내며 길게 탄식을 토했다.

"에고고. 대형 너무 과격해지셨습니다. 우리 정말 죽을 뻔했다고요."

식귀가 목루 지하에 마련된 비밀 통로를 벗어나며 투덜거리기에 바빴다.

먼저 위로 올라간 간독의 손을 잡아 가까스로 지상으로 올라오는 내내 그는 진절머리가 난다는 듯이 고개를 흔들었다.

그럴 만도 하다.

화탄과 폭약을 매설해 터뜨릴 생각을 하다니. 그것도 무신련의 최정예, 천룡위군을 상대로.

흑도 바닥에서만 뒹굴던 식귀로서는 아직도 심장이 벌렁벌렁 뛰는 대사건이었다.

"문제는 이만한 화약을 한꺼번에 사용했으니 곧 관에서도 조사를 하러 올 거란 점입니다. 이미 소속을 상당수 잃은 마당에 관군이 들이닥친다면 과연 막아 낼 수는 있을지……."

독사가 우려의 뜻을 표하자, 간독이 피식 웃었다.

"그럴 걱정할 필요는 없다. 우릴 도와주기로 한 분이 누구의 인척인지를 잊은 거냐?"

"아!"

독사는 그제야 북궁대연이 병부상서의 사위라는 사실을 떠올렸다.

"그러니 뒷수습도 잘 부탁드립니다, 북궁가주."

간독은 이곳으로 다가오는 북궁대연을 보며 능글맞게 웃었다.

북궁대연은 인상을 와락 일그러뜨렸다. 그의 옆은 며느

리 금태연이, 뒤로는 적천낭도 마구유와 혈랑단 오백 인이
따랐다.

'한낱 사냥개 따위가!'

아들이 기르던 사냥개가 이제는 주인을 보며 협박을 하
기까지 한다.

자신 혼자서는 무너지지 않겠다는 태도.

때에 따라서는 무신련에 북궁대연을 팔아먹을 수도 있
다는 것을 보여주는 것이다.

그러니 보여줄 참이었다.

사냥개 따위는 주인이 던져 주는 찌꺼기나 뜯어먹으며
사는 생활이 행복하다는 사실을.

"마 단주."

"예이, 예. 따르지요."

마구유는 재미나다는 듯이 건들거리더니 수하들에게 턱
짓을 했다.

쉬시식!

혈랑단이 갑자기 일사불란하게 움직이더니 간독과 의형
제들의 주변을 에워쌌다.

팽팽한 살기가 흘렀다.

식귀의 안색이 창백해졌다.

"씨, 씨팔! 혀, 형님 대체 이게 어떻게 된 거요?"

"뭐긴 뭐야? 보면 모르냐? 엿 된 거지."

간독은 어이가 없어 실소를 흘렸다. 하지만 광기로 젖은 두 눈은 북궁대연을 비췄다.

"애초 이렇게 하실 생각이었소?"

북궁대연이 차갑게 간독을 노려보았다.

"토사구팽(兎死狗烹). 사냥이 끝난 개는 솥에 삶아지는 법이지. 특히 한 차례 주인을 물었던 적이 있으면 더더욱 그래야 하는 법이고. 네놈들이 내 아들을 죽이고도 무사할 성싶었느냐?"

북궁대연이 크게 노호를 터뜨렸다. 그러다 인상을 반듯하게 폈다.

"여하튼 네놈들이 남겨준 이곳 동정호는 잘 받겠다. 요즘 본가의 상황이 좋지 않았는데, 이곳을 잘만 이용한다면 재기도 가능할 테지."

북궁검가는 탐욕스럽다. 야심이 짙다.

북궁대연의 모습에서 그런 특징이 배어 나왔다.

하지만 간독은 위기에 처하고도 여전히 여유로웠다.

"그 양반, 처음에는 대단해 보였는데 지금 보니 아들보다도 더 못한 양반이시구만."

"뭐?"

북궁대연이 반문하려는 찰나,

푹!

갑자기 배를 뚫고 칼 한 자루가 튀어나왔다.

주르륵, 북궁대연은 피를 흘리며 고개를 옆으로 천천히
돌렸다.

경악 어린 두 눈에 마구유의 모습이 비쳤다.

마구유가 차갑게 웃고 있었다. 간독을 닮은 웃음이었다.

＊　　　＊　　　＊

"하하하하하!"

영호휘는 가볍게 실소를 터뜨렸다.

"북궁검가의 가주를 친다? 확실히 좋은 생각이다. 몰락
은 했어도 사대 가문의 저력은 사라지지 않으니까! 하지만
머리가 날아가면 이야기는 달라지지!"

영호휘가 차갑게 눈을 빛냈다.

"하지만 그것으로는 부족하다. 어차피 북궁검가 따윈
내게 눈에 들어오지도 않는 놈들이었으니까. 그리고 아직
도 두 곳이나 더 있지 않느냐?"

제갈선가와 하후도가.

무신의 오른팔과 대공자의 혈연.

기실 영호휘의 발목을 잡는 족쇄는 그들의 힘이 가장 크

다.

북궁검가는 야망은 컸어도 정계에서 별다른 힘을 발휘하지 못했기에 무신 살해라는 극악한 도박을 시도하려 했던 것이다.

무성의 귀화가 유유히 타올랐다.

"그럼 하나를 더 추가하지."

"누구?"

"신기수사. 제갈문경의 목."

"······!"

영호휘는 잠시 놀라다 피식 실소를 흘렸다. 두 눈이 흥미와 기내로 가득 찼다.

"다음에는? 다른 족쇄냐? 사형이라도 죽일 참인가?"

"아니. 그보다 훨씬 나가야지."

"그럼?"

무성의 귀화가 거칠게 타올랐다.

"무신."

"나더러 사부를 해하는 패륜이라도 저지르라는 거냐?"

용이 으르렁거린다.

이전보다 패기가 훨씬 짙어졌다.

하지만 무성은 영호휘가 웃고 있다고 생각했다.

비틀린 입술. 광망이 어린 눈. 전부 기대와 환희에 차

있다.

'역시.'

영호휘는 패도적이다. 그리고 자신이 세상을 차지하려는 야심가라는 사실을 절대 숨기지 않는다.

거기에 가장 큰 걸림돌이 무엇일까?

대공자? 그는 이미 영호휘의 존재감에 가려졌다.

사대 가문? 지금은 영호휘를 견제하고 있으나, 영호휘의 저력이라면 언젠가 그들을 누를 것이다.

그런데도 영호휘는 더 이상 커지질 못한다.

무언가가 강하게 탁 하고 부딪친 탓이다.

엄청나게 높은 벽. 절대 오를 엄두도 못 내는 산.

지금의 무성에게 영호휘가 정복하기 힘든 태산으로 보이듯, 영호휘에게는 사부 무신이 그런 존재일 것이다.

"무신을 해하라는 것이 아니야. 그는 어디까지나 무신련의 정점. 이미 그 자체로 무의 화신이자, 존경의 대상이지. 이미 그 정도는 신앙을 넘어섰어."

"그럼?"

"그냥 그 자리에 둬."

"뭐?"

"무신은 무신으로 있을 수 있게. 신앙의 대상으로 남을 수 있도록. 대신 그가 강호에 개입할 수 없도록 모든 팔다리를 다 잘라."

영호휘의 눈이 살짝 커지다 호선을 그린다.

"이를테면…… 오른팔?"

"그래. 오른팔."

무신이 권력에서 멀다고 하나, 여전히 그에게는 수많은 충신들이 있다.

그리고 그들은 하나같이 무신에게 은총을 받아 뛰어난 실력을 자랑한다.

개중에는 신주삼십육성에 속하는 고수도 있고, 그에 준하는 이들도 더러 존재한다. 어쩌면 그보다 더한 괴물이 있을 수도 있다.

그래서 무신궁은 달리 이리 불린다.

괴물들이 북적거리는 복마전.

그곳이 바로 무신련이 가진 진짜 힘이라고.

"좋아. 그들은 나도 마음에 들지 않았으니. 그럼 너는? 무신궁을 허물고 나서 주익을 치러 가겠다는 거냐?"

"집을 넘기 힘들면 우선 담부터 허물어야 하니까."

"후후후후!"

영호휘는 기분 좋게 웃음을 터뜨렸다.

그는 정말 즐거워 보였다.

"그럼 먼저 북궁대연. 지금쯤 목이 떨어졌으려나?"

"……."

무성은 말없이 무심한 얼굴로 그의 웃는 낯을 지켜보았
다.

*   *   *

북궁대연은 이글거리는 눈으로 마구유를 노려보았다.

등에서부터 복부를 꿰뚫은 칼.

도신을 타고 피가 봇물처럼 쏟아진다.

"왜……냐!"

많은 의미가 담긴 질문이다.

마구유와 혈랑단은 중원에 발길도 못 붙인 채로 살아가
던 버러지 인생들이었다.

그런 이들에게 손길을 내밀어 준 것이 북궁대연이다.

계집을 주고, 보화를 주고, 기회를 주었다.

그들이 원하는 대로 무신련을 뒤집어 버릴 수 있는 기회
를 주고자 했다.

그런데 대체 왜 이런 짓을 저질렀단 말인가?

마구유가 차갑게 웃었다.

"당신은 더 이상 우리 호구가 될 수 없거든."

"……!"

"맞잖아? 그러게 무신련을 박차고 왜 나왔어? 죽은 아들한테 죄 다 뒤집어씌우고 근근하게라도 버텼으면 우리라도 계속 있어 주었을 텐데. 괜히 나와서 끈 떨어진 연 신세가 되어 버렸잖아?"

"네놈이……!"

"재기를 한다고? 가문을 버린다고? 좋아. 다 좋다, 이거야. 그럼 그동안 우리 밥은 누가 먹여 줘?"

마구유의 미소가 짙어진다. 다른 혈랑단 무사들도 단주를 따라서 웃었다. 비웃음이다.

"거기다 말이야. 당신이 살아나면 우리는 북막으로 돌아가야 하는데. 이렇게 좋은 땅을 두고 왜 나시 그런 곳으로 가야 하는 건데?"

마구유는 간독을 응시했다.

"이곳에는 계집도 있고, 보물도 있고, 고기도 있어. 전부 다 있단 말이지. 여기가 천국이지. 안 그러냐, 애들아?"

"맞습니다, 단주!"

"키키킥! 그 지긋지긋한 사막으로는 다시 돌아가고 싶지 않습니다!"

북궁대연은 그제야 사태의 전후 상황을 깨달았다.

간독이 사전에 마구유에게 접촉을 했었다.

그리고 자신이 가진 것들을 모두 보여 주었으리라.

간독은 악양 흑도의 지배자.

본디 흑도란 음지이면서도 모든 향락과 사치가 한데 집중되는 환락의 세계다.

북방의 거친 사막에서만 살아온 혈랑단에게 흑도는 도무지 헤어 나올 수 없는 늪이 되었을 것이다.

기생. 악양의 여인은 억센 북방의 여인과는 비교도 할 수 없이 나긋나긋하다.

도박. 밋밋한 삶을 사는 그들에게 충분한 자극이 된다.

향락. 원하는 건 모두 가질 수 있다. 그것이 술이 되었건 마약이 되었건 간에.

북궁대연은 마구유의 흐리멍덩한 눈빛을 읽었다. 광기, 초조함, 기대가 교차한다.

'이미 약에 찌들었구나!'

제아무리 정신력이 뛰어난 신주삼십육성의 고수라 하여도 마약에 이성을 빼앗기는 순간 모든 걸 잃는다.

마약의 노예가 되어 버린다.

마구유 뿐만이 아니다. 혈랑단 전체에게서 짙은 양귀비 냄새가 났다. 이미 이들은 마약을 얻을 수 있다면 무엇이든지 할 수 있는 전귀가 되어 버렸다.

간독의 노예가 되어 버린 것이다.

'천룡위군에게 당한 흑도인들은 이놈들로 채우겠지. 간독! 이놈은 위험하다. 녀석은 악양이나 동정호 정도로 만족할 놈이 아니야.'

피가 쏟아진다. 눈앞이 흔들린다.

아지랑이처럼 흔들리는 세상 너머로 차갑게 웃는 간독의 미소가 보였다.

'뱀! 세상을 집어삼키려는 뱀이다!'

어이가 없어 웃음이 나온다.

자신이야말로 천하를 노릴 만큼 대단한 탐욕을 지녔다고 생각했었는데, 사실 그보다 더 간교한 놈이 바로 옆에 있지 않았넌가.

"빌……어먹을 마적…… 새끼!"

"이런이런! 고귀하신 천하의 북궁가주께서도 화가 나시면 화를 내나 보네? 어찌 되었던 간에 이제 쓸모 다하셨으니 이만 퇴장해 주십시오."

마구유는 칼을 빼 들더니 이내 북궁대연의 목을 향해 휘둘렀다.

쉭!

*　　　*　　　*

무성은 영호휘와의 연대 이야기가 끝나자 다시 창가에 발을 올렸다.

그때 잠시 영호휘가 그를 붙잡았다.

"이봐, 진무성."

"왜?"

무성이 비스듬히 고개를 뒤로 돌렸다.

"본인 밑으로 와라. 네놈이 가진 이법의 후유증, 고쳐주겠다는 말, 절대 거짓이 아니다."

영호휘의 두 눈은 탐욕으로 일렁였다.

무성을 얻고 싶다. 귀병가를 손에 넣고 싶다.

그들의 가치는 이미 천룡위군을 능가한다. 아니, 무성의 존재만으로도 천룡위군은 훨씬 넘어선다. 귀병가는 하늘로 승천하려는 영호휘의 여의주가 될 수 있다.

"나 역시 이법을 익혔지만 이미 후유증을 털었다. 도리어 기존의 무공과 더해지며 상승효과를 발한다. 나날이 몸이 달라진다는 것을 느껴."

영호휘는 주먹을 꽉 쥐었다.

"그뿐만이 아니다. 네가 원하는 모든 것을 주지. 여자를 원하나? 세상의 모든 미녀를 안겨 주마. 보물은 어떤가? 원하는 만큼 금은보화로 산을 쌓아 주지. 귀병가는 오늘날의 무신궁으로 만들어 주마. 주익의 목은 당연한 것이고.

어떠냐?"

하지만,

"웃기지 마."

무성은 귀화를 피어올리며 으르렁거렸다.

"난 아직도 안 잊고 있어. 천옥원에서 네가 숙부님께 손을 썼던 것을. 주익 다음에는 너야. 잊지 마."

영호휘는 피식 실소를 흘렸다.

"그래. 그래야 본인이 아는 진무성답지."

영호휘는 성큼 앞으로 한 걸음 나섰다.

"좋다. 얼마든지 오너라. 본인은 여기서 널 기다리고 있으니."

귀화가 한 차례 거칠게 타오르다 이내 옆으로 돌아섰다.

휙!

무성은 창밖으로 몸을 던졌다.

영호휘는 무성이 사라진 자리를 보다가 인상을 찡그렸다.

"다룰 수 없는 사냥개는 진즉에 솥에 삶아야 하는 법이거늘."

탁!

무성은 땅에 가볍게 착지했다.

주변을 순시하는 무사들이 더러 있었지만, 무영화흔으로 기척을 숨긴 무성을 찾을 수 없었다.

무성은 천천히 다리를 움직였다.

이동은 전혀 무리가 없었다.

이미 이 주변의 구조도는 모두 머릿속에 담겨 있으니.

무성은 무신련의 외곽이 아니라 도리어 중앙 쪽으로 달렸다.

한창 북궁검가의 토벌 및 수색으로 바쁜 와중이라, 수많은 무사들이 주작대로를 활보했다. 무성은 그들의 틈바구니에 섞여 아주 자연스럽게 이동했다.

물 흐르듯이 움직이던 그는 이내 무신궁에서 얼마 떨어지지 않은 어느 전각으로 들어섰다.

증축을 하는 중인지 전각은 휑하니 내버려져 있었다.

본래 오늘 아침까지 북궁검가에서 사용하기로 승인 받아 공사를 하던 중이었다가, 그들이 몰락을 하게 되자 사람들이 대거 빠져나간 장소다.

이곳으로의 도피를 우려한 무사들이 이미 한 차례 건물을 수색하고 지나갔다.

하지만 무성은 이곳을 무신련 내에서 활동할 수 있는 안가(安家)로 삼았다.

나무는 숲에 숨겨야 하는 법.

설마 탈옥한 죄수가 위험한 북궁검가의 건물로 들어오겠냐 싶은 심리를 이용한 것이고, 북궁대연이 사전에 만들어 둔 암로가 이곳을 거치기 때문이다.

그리고 가장 큰 이유는 따로 있었으니.

'이곳은 무신궁이 너무나 잘 보여. 감시하기가 수월해.'

지붕 부근으로 올라서면 하늘을 떠받치는 기둥처럼 높게 선 마천루가 한눈에 들어온다.

애초 북궁대연은 이 점을 노린 것이리라.

무신련의 심장을 단숨에 찌를 칼을 숨겨둘 곳.

일종의 칼집인 셈이다.

아마 북궁대연, 북궁민 부자(父子)는 이곳에서 야망을 논의했겠지.

더 이상 그때의 야망은 이룰 수 없겠지만.

휙!

무성은 높이 뛰어올라 외부로 드러난 전각 외골을 몇 번 걷어차 지붕에 우뚝 올라섰다.

공교롭게도 마천루가 달을 떠받치고 있었다.

마치 그 모습이 왕관을 쓴 제왕의 얼굴 같다.

무신궁. 그곳을 고요히 노려본다.

저곳 어딘가에 주익이 있으리라.

무성은 건물 안으로 조용히 스며들었다.

전각 안, 외벽 한 곳에는 암로로 통하는 기관 장치가 설치되어 있었다.

문을 열고 들어가니 벽 안쪽에는 사람 열 명 정도를 수용할 수 있는 널찍한 방이 있었다.

안에는 방효거사가 가만히 벽에 등을 기대고 있었다.

무성이 의도적으로 낸 발소리에 조용히 몸을 일으켰다.

"일은 어찌 되었나?"

"잘 풀렸습니다."

"허허허! 무신련의 심장을 찌르려는데 무신의 제자가 도왔다? 말로만 들었지, 정말 대단한 자야."

방효거사는 고개를 절레절레 흔들었다.

그러다 인상을 굳혔다.

"딸아이와 유화, 두 아이가 어디 있는지는 알아보았나?"

"다행히 영호휘가 알고 있었습니다."

"그, 그게 정말인가!"

방효거사의 눈이 커지며 기대감으로 물든다.

빨리 딸을 만나고 싶다는 희망. 여기서 죽더라도 딸의 얼굴을 한 번이라도 더 보고, 한 마디라도 더 이야기를 나누고 싶다는 희망으로 가득 찬다.

"어딘가, 그곳이?"

"다모각의 한복판이었습니다."

방효거사의 눈꺼풀이 파르르 떨렸다.

"그럼 내가 해 줄 일은?"

"위급 시에 거사께서 상회를 움직이는 별도의 방법이 있습니까?"

"나만 쓸 수 있는 표식이 있다네."

"그럼 그 표식으로 상회를 움직여 주십시오."

"하지만 외부로 나갈 수 없는데 어떻게?"

"방법이야 만들면 되지요."

무성이 가볍게 팔을 뻗자, 살짝 열린 벽문을 타고 무언가가 휙 하고 날아들었다.

탁!

그것은 무성의 팔에 사뿐히 앉았다. 고고한 자신의 자태를 자랑한다.

"이건 매가 아닌가?"

"정확하게는 천산신응(天山神鷹)이란 녀석입니다. 장백의 해동청(海東靑)과 쌍벽을 이루는 영물이지요. 하루에 천리도 너끈히 날고 사람도 잘 알아봅니다."

간독이 예전에 간웅방에 있을 시절 때부터 기르던 녀석이다. 장물로 들어왔던 것을 자신이 욕심을 부려 중간에서 꿀꺽 했었다고 했다.

　지금은 귀병가와의 연락책이었다.

　"그놈이라면 상회와 닿을 수 있겠군!"

　방효거사는 드디어 자신의 손에 칼이 들리자 회심에 찬 미소를 지었다.

　"하면 나는 무신련으로 흘러드는 모든 물자, 자금, 인망을 잘라 주지. 무인과 다르게 장사치도 화나면 무섭다는 걸 똑똑히 보여줄 게야."

　장사치는 자신이 상대를 속일 수는 있어도, 자신이 속는 것은 절대 용서치 않는다.

　무성은 담담히 고개를 끄덕였다.

　"하면 제갈가 놈의 목은 언제 자르러 갈 참인가?"

　"오늘 밤이 넘어가는 자시(子時)에 움직이려 합니다."

　"유독 피가 많이 흐르는 밤이 되겠군."

　"칼이 내리는 밤이 될 겁니다."

　"그런가?"

　방효거사는 기분 좋게 웃었다.

　"한데, 다른 무슨 좋은 일이라도 있는가? 아주 즐거워 보이는구만."

　"있지요."

　"뭔가?"

무성이 빙긋 웃었다.

"더 살 수 있다는 확신을 얻었습니다."

자신은 이법의 후유증을 털었다는 영호휘의 말.

아주 사소하지만 무성에게는 큰 희망으로 다가왔다.

아니, 이제는 확신이 되었다.

'넌 실수한 거야, 영호휘.'

第三章

칼이 내리는 밤

밤이 되었다.

영호휘가 천천히 걸음을 옮긴다.

밤인데도 불구하고 주작대로는 여전히 많은 사람들로 북적거린다.

주로 허리춤에 칼을 찬 무사들이다.

그것도 최전선에서 활약하는 자들. 단체로 바쁘게 다니면서 무언가를 색출한다.

그 때문인지 무사들은 영호휘를 미처 발견하지 못했다. 영호휘는 사람들 틈바구니에 섞이면서 귀병의 절기를 마음껏 풀어냈다. 덕분에 존재감이 흐릿해져 있는 듯 없는 듯 사람들의 인식에서 벗어났다.

기실 무사들은 바빴다.

북궁대연의 실종은 이미 무신련 전체에 퍼졌다.

북궁검가의 모반 혐의도 함께.

결국 군사의 특명에 따라 무신련 전체에 총경계령이 떨어지고, 역도 북궁검가에 대한 추포 및 토벌이 시작되었다.

각 부처의 무사들은 기다렸던 것처럼 북궁검가에 물밀듯이 들이닥쳤다.

북궁검가의 식솔들을 전원 추포한다.

반항하는 자들은 모조리 참살되었고, 항복하는 이들은 포로가 되었다. 또한, 무공을 사용할 수 없도록 점혈법이 가해졌다.

북궁검가 내에 산적해 있는 모든 서류와 문서들이 압수되었고, 철저한 수색 아래에 비자금이 숨겨진 금고가 발견되었다.

그뿐만이 아니었다.

다른 사대 가문들이 승냥이 떼처럼 달려들었다.

권력의 중축 중 하나가 무너졌다.

거기에서 떨어지는 것들이 오죽 많겠는가.

북궁검가가 차지하고 있던 이권을 서로가 차지하기 위

해 암투를 벌였고, 평소 눈여겨봤던 인재들은 앞다퉈 데려
가려 애썼다.

　무신련에는 큰 혼란이 찾아왔다.

　권력과는 거리가 먼 사람들은 이 태풍이 한시라도 빨리
사라지길 바라리라.

　그리고 감히 무신에게 칼을 겨누려 한 북궁검가에 대한
원망을 쉴 새 없이 쏟았다.

　'세우는 것은 어려우나, 무너지는 것은 금방이라더니.
정녕 북궁검가가 저렇게 끝나 버리는가?'

　무성의 말대로라면 지금쯤 동정호에서 북궁대연의 머리
가 떨어졌을 것이다.

　아들에 이어 아비까지 허무한 죽음이라니.

　그것도 모두 귀병들이 해낸 일이다. 단 몇 달 사이에.

　'내가 신경 쓸 필욘 없겠지. 내가 신경 쓸 것은 추후 생
길 권력의 공백을 내 것으로 채우는 것과⋯⋯.'

　영호휘가 잠시 걸음을 멈추고 고개를 들었다.

　낮에 잠깐 방문했던 곳이다.

　다모각.

　'족쇄를 털어 버리는 것.'

　영호휘의 눈이 흉흉한 빛을 토했다.

다모각은 외부보다 훨씬 부산스러웠다.

하루 사이에 너무 많은 일들이 다발적으로 터졌다.

천룡위군이 궤멸되었다. 동정호가 새로운 세력의 판도로 급부상했다. 혈랑단이 중원으로 들어왔다. 북궁대연이 실종되었다. 북궁검가가 몰락했다.

모두가 경악할 만한 사건들이다.

하지만 이마저도 겉으로 드러난 것일 뿐. 속내는 더욱 복잡하다.

죄수가 탈옥했다. 단 세 명밖에 안 되는 귀병이 무신련을 흔들었다. 장강 이남에서는 남맹이 움직이려 한다.

이미 폭풍이 쉴 새 없이 몰아쳤다. 그런데도 뒤에 다가올 후폭풍은 더 어마어마하다.

거기에 대비를 해야만 한다.

강호의 정세, 남맹의 동향, 무신련의 가야 할 길.

자리에 가만히 앉아 천 리를 내다본다던 다모각은 이제 일 리 앞도 제대로 분간 못 하는 소경이 되고 말았다.

"무슨 일이십니까?"

모사가 영호휘를 조심히 올려다보았다.

한낱 모사 따위가 함부로 대할 수 있는 존재가 아니다. 하지만 절대 가만히 놔두어서는 안 되는 존재이기도 하다.

더군다나 낮에도 한 번 방문하지 않았던가.

"군사는? 안에 계시나?"

"계십니다. 다만, 처리해야 하실 일이 많으셔서 누구의 방문도 허락지 않는다고……."

"영호가주가 급한 용무로 찾아뵈야 한다고 전해라. 아니, 내가 직접 들어가서 이야기를 나누는 것이 좋겠군."

"하, 하지만……!"

"비켜라."

영호휘가 패기를 살짝 흘리며 두 눈을 부리부리하게 뜨자, 모사는 기겁을 하며 자리를 내주었다.

영호휘는 마치 당연하다는 듯이 오만하게 다모각을 활보하며, 가장 안쪽의 방문을 활짝 열었다.

'정말이지! 무식한 무부들이란!'

모사는 영호휘가 저만치 사라진 후에야 안도의 한숨을 내쉬었다. 이제야 막혔던 숨이 돌아왔다.

일이 제 뜻대로 풀리지 않으면 강압적인 힘을 보이는 무인들이 밉기만 하다.

그래도 연줄이 없어 과거에 번번이 낙방하는 마당에 자신의 재주를 써 줄 만한 곳은 이곳밖에 없어 그만둘 수도 없었다. 봉급도 꽤 나왔고.

밤새 처리해야 할 일이 많다는 생각에 몸을 돌렸다.

끼익!

그때 때마침 다모각의 정문이 열렸다.

마치 당연하다는 듯이 천천히 안으로 들어오는 존재.

제법 선이 굵지만 아직 곳곳에 앳된 면모가 남아 있다.

모사는 처음 보는 얼굴이라 혹 영호휘를 따라왔나 싶어 고개를 갸웃거렸다.

그 순간,

스르릉!

무사가 허리춤에서 천천히 검을 뽑아 들었다.

시린 칼날을 닮은 귀화가 모사의 눈에 강하게 박혔다.

*　　　*　　　*

"이 야심한 시각에 대체 무슨 일이신가?"

제갈문경은 의자에 앉아 집무를 보는 상태 그대로 고개를 들었다.

미간 사이로 골이 깊게 팼다.

처리해야 할 일이 산적해 피곤한 기색이 역력하다. 여유로웠던 낮과는 다르게 짜증과 조급함도 묻어났다.

쿵!

영호휘는 말없이 문을 닫았다.

그런데 소리가 평소와 다르다. 무겁다. 느리다.

제갈문경 역시 이상한 낌새를 차렸다.

늘 자신만만하고 패기 넘치던 영호휘의 얼굴에는 아무런 표정도 걸려 있지 않았다.

마치 묵묵히 자신의 일을 하려는 듯한 태도다.

도축장에서 백정이 소의 멱을 따기 위해 짓는 표정.

제갈문경은 슬쩍 팔을 탁상 아래로 밀어 넣었다.

"무슨 일로 오셨나 묻지 않는가?"

저벅, 저벅!

영호휘가 천천히 걸음을 옮기며 무심한 어조로 입을 열었다.

"당신을 죽이러 왔소, 군사."

*　　　*　　　*

쾅!

귀화를 자랑하던 무사가 땅을 강하게 박찼다.

궁신탄영의 수법으로 단숨에 다모각 일 층을 중앙까지 통과, 길 한복판에 있던 모사의 목을 쳤다.

푸―확!

목이 시큰해지더니 눈앞으로 피가 튄다.

'왜?'

모사의 얼굴은 여전히 의문으로 가득했다.

하지만 목에서 분리된 머리는 더 이상 아무런 생각도 이을 수가 없었다.

"으아! 으아아아아!"

"저, 적이다!"

다모각을 바쁘게 오고 가던 모사들이 경악에 잠긴 채로 크게 비명을 질렀다.

쏟아지는 핏물 아래로 무사, 무성은 검병을 강하게 움켜쥐며 매영보를 힘껏 밟았다.

스스스!

귀기를 흘린다. 땅 위를 미끄러지듯이 달린다.

무성이 자랑하는 것은 두 가지. 은신과 잠행이다.

두 개 모두 신법과 경공에서 발휘되는 바, 장애물처럼 가로막는 탁상, 의자, 서류더미 따위는 그에게 아무런 방해도 되지 못했다.

스걱!

검을 한 차례 휘두르면 탁상이 쪼개져 길을 만들어 낸다. 옆으로 서류 더미가 와르르 무너지며 바닥을 어지럽혔다.

타닥!

무성은 쓰러진 의자를 딛고 높이 뛰어올라 검을 허공에

다 뿌렸다.

쉬쉬식!

효월서광과 함께 일어난 검풍이 사방으로 비산한다.

부서지고, 박살 나고, 피가 튄다.

"으아아악!"

"대, 대체 우린 왜……! 킥!"

모사들이 하나둘씩 쓰러지기 시작한다.

땅에 널브러진 서류가 새빨간 핏물로 물들었다.

사방이 모사들의 시신으로 가득 찼다.

찰박, 찰박!

무성은 그 위를 아무렇지 않게 밟으며 무심한 얼굴로 착실히 모사들을 베어 나갔다.

모사들이 부리나케 도망쳤지만, 악착같이 뒤쫓는 무성을 피할 순 없었다.

*　　　*　　　*

끼익!

제갈문경은 재빨리 의자를 뒤로 내뺐다.

"영호가주! 네놈이 드디어 실성을 했……!"

쾅!

갑자기 영호휘가 진각을 세게 밟더니 제갈문경을 향해 거칠게 쇄도했다. 그가 디딘 자리는 삼 치 이상이나 되는 깊은 족흔이 패였고, 막중한 힘이 몸에 실렸다.

엄청난 거구가 움직이자 마치 뿔이 단단히 난 황소가 달리는 듯한 착각이 일었다.

쇄혼파벽(碎魂破僻)!

어깨를 곧추세워 날리는 고법이다.

전신의 무게를 오른쪽 어깨 쪽으로 몰아주고, 속도까지 더해 파괴력을 극대화시킨다.

제갈문경은 말을 하다 말고 벌떡 일어나며 발로 탁상을 걷어찼다.

콰쾅!

탁상이 허공으로 붕 떠오르며 영호휘의 앞을 가린다.

영호휘의 무지막지한 거구는 단숨에 탁상을 부숴 버렸다. 마치 소금이 물에 닿으면 녹아 없어지듯이 탁상도 가볍게 부서졌다.

사방으로 비산하는 파편이 시야를 교묘하게 가린다.

아주 잠깐 주어진 찰나.

제갈문경은 쥘부채를 활짝 펼치고서 강하게 뿌렸다.

쉬쉬쉭!

쥘부채가 뿌린 바람, 호풍상인(呼風霜刃)은 하나하나가

강기(罡氣)를 교묘하게 섞은 칼바람이었다.

하지만 그러한 칼바람마저도 영호휘의 무지막지한 돌격을 막기엔 역부족이었다.

펑! 펑! 펑!

호풍상인은 뿌려지는 족족 덩치 큰 영호휘에 꽂혔지만, 쇄혼파벽을 부리며 일어난 패기가 보이지 않는 방패 역할을 했다. 호풍상인은 영호휘의 피륙에 닿기도 전에 허공에서 잇달아 터져 나갔다.

그러나 교묘하게 바람 방패 안으로 파고들어간 칼바람이 영호휘의 몸에다 잔뜩 상처를 냈다.

마치 고양이가 발톱으로 긁은 듯한 얕은 상처.

그마저도 피가 살짝 흐르다 말고 그친다. 둔황조공을 통해 얻은 두터운 외공의 발현이었다.

'이런!'

제갈문경은 공격이 모조리 무효화되자 재빨리 몸을 옆으로 틀었다.

콰—앙!

영호휘는 제 속도를 이기지 못하고 벽에 작렬했다.

벽에 그대로 사람 크기만 한 구멍이 파인다. 사방으로 균열이 잔뜩 가며 천장에 닿았다. 다모각은 충격파 때문에 크게 휘청거렸다.

돌가루가 부스스 떨어지며 먼지가 퍼진다.

영호휘가 돌진한 자리는 그야말로 폐허밖에 남지 않았다.

그가 디딘 땅은 엄청난 깊이의 족흔이 꼬리처럼 길게 남았고, 주변은 쇄혼파벽이 일으킨 후폭풍으로 모조리 쓸려나갔다.

제갈문경은 널찍이 달아나며 이를 갈았다.

정말이지 무지막지한 파괴력이다.

저 거구에서 나오는 힘이 대단하다는 것은 알고 있지만 실로 눈으로 직면하니 상상 그 이상이다.

'아니. 더 강해졌다. 이법으로 얻은 성과인가?'

이법은 확실히 제갈문경에게도 흥미로운 소재였다.

그런데 그 결과가 이렇게 대단한 것이었을 줄이야.

"쥐새끼 같이 어디로 도망치는 거요? 군사!"

영호휘는 이런 엄청난 일을 벌이고도 아무렇지 않은지 여유로운 표정이었다.

벽에서 가볍게 걸어 나오며 다시 어깨를 세운다.

이전보다 더 농밀한 살기가 퍼진다.

제갈문경의 표정이 크게 굳어졌다. 영호휘는 진심으로 자신을 죽이려 하고 있었다.

"대체 무슨 생각인가!"

"그 잘난 머리로 생각해 보시오."

"무신께서 이를 알고도 무사할 성싶으냐!"

"그 잘난 사부는 거처에 박혀 막내를 치료하느라 바깥 일에는 전혀 관심도 없지 않소? 설사 안다고 해도 상관없 소."

영호휘가 자세를 낮춘다. 다시 쇄혼파벽을 전개하려 한 다.

그는 여기서 마구잡이로 날뛸 생각이다.

다모각이 통째로 무너지도록. 제갈문경을 확실히 잡을 수 있도록.

"네가 이러겠다면 나 역시 가만히 있지 않겠다!"

촤르륵!

쥘부채가 활짝 펼쳐진다. 부챗살을 덮은 면에는 제갈선 가를 상징하는 제갈무후의 유작, 팔진도해(八陣圖解)가 그 려져 있었다.

그 그림을 가볍게 두들기자, 순간 주변 공간이 흔들리기 시작했다.

지—잉!

어지럽던 집무실이 사라지고 삭막한 밀림이 나타났다.

남만의 밀림을 옮겨 담은 것처럼 땅은 늪으로 질퍽질퍽 하고, 주변 곳곳은 빛 한 점 들어오지 않는 나무로 **빽빽하**

다. 그 나무도 모두 크기가 삼 장을 훌쩍 넘고, 굵기는 장정 두 사람만큼 대단했다.

그 속에서 제갈문경의 모습은 찾을 수 없었다.

아마 진법 속, 교묘하게 자취를 감춘 것이리라.

"이게 환상허진(幻想虛陣)인가? 듣던 것보다 훨씬 짜증나는군. 이래서 한시라도 빨리 찍어 누르려 했던 것인데."

이미 영호휘는 천옥원에서 한유원이 부렸던 밀밀음영진을 겪었다.

제갈문경이 자랑하는 환상허진도 기환진의 일종이다.

아니, 이건 환상진(幻想陣)에 가깝다.

환상과 허상으로 상대의 이지를 어지럽히고 공력을 계속 갉아먹다가 종국엔 스스로 목을 매달게 만드니.

『해 보시게. 과연 그대가 이 미로를 탈출할 수 있을까?』

"이 영호휘를 우습게 여기지 마시오."

영호휘는 진각을 세게 밟으며 소리쳤다.

"이깟 환상 따위 부수면 그만이니!"

쾅! 쾅! 쾅! 쾅!

쇄혼파벽이 거목들을 일제히 부숴 나갔다.

*　　　*　　　*

"멈춰라!"

무성은 피를 쏟으며 땅에 주저앉아 부르르 몸을 떨고 있는 모사에게서 검을 뽑았다.

고개를 드니 어느새 오십 명이 넘는 무사들이 주변을 에워싸고 있었다.

하나같이 굳은 인상을 갖춘 이들.

무성과도 면식이 있는 천검단과 와룡무객들이었다.

"죄 없는 모사들을 학살하다니! 네놈이 그러고도 무사라 할 수 있느냐!"

와룡무객의 수장, 백천검호(白天劍豪) 백운(白雲)은 거칠게 노호를 터뜨렸다.

그의 눈에 다모각은 참혹한 학살극의 현장이었다.

부서진 기구, 쓰러진 서류 더미, 피를 쏟은 시신이 사방에 즐비하다. 벽면을 따라 핏물이 사방에 튀었다.

다모각을 구성하던 대부분의 책사들이 죽거나, 그에 상응하는 중상을 당했다. 무신련의 두뇌라 할 수 있던 참모 집단의 궤멸이었다.

무성은 그 위에 선 아수라였다.

피로 칠갑을 한 아수라.

"미안하지만 난 무사가 아니야."

"뭐?"

"자객이지."

"……!"

백운을 비롯한 무사들은 무언가 잘못되었다는 생각에 얼굴을 굳혔다.

"하여간 기다렸다. 너희들이 한 곳에 모이기를."

찰박!

무성은 피 웅덩이를 힘껏 밟았다. 귀화가 타올랐다.

팟!

무성은 백운을 향해 매섭게 쇄도했다.

까가강!

무성과 백운의 검이 부딪친다. 불똥이 위로 튀었다.

백운은 강한 반발력에 몸이 휘청거렸다.

'대체!'

나이도 어린 자에게서 어떻게 저런 실력이 나온단 말인가!

검신이 부러질 것처럼 휘청거린다.

타닥!

그때 천검단원이 우측으로, 와룡무객이 좌측으로 돌면서 무성의 허리를 갈랐다.

따당!

무성은 검을 아래로 내리면서 천검단원의 공격을 옆으로 비스듬히 흘렸다.

그러면서 반동을 이용해 몸을 우측으로 돌리면서 검을 뿌렸다. 섬광이 대각선을 타고 화살처럼 쏘아졌다.

땅!

와룡무객이 뒤로 크게 튕겨 난다. 몸이 휘청거렸다.

그의 눈도 경악에 잠겼다.

무성과 처음 부딪친 자들이 공통적으로 가지는 특징이 있다.

바로 호리호리한 체구와 날렵한 동작과 다르게 검격에 실린 힘이 대단하다는 점이었다. 어쩌면 순수한 신력(神力)만 따진다면 거구의 영호휘에 비견할 만하다.

거기다 도효의 속도가 더해지고, 육전검의 회전력이 가미된다.

파괴력만큼은 비슷한 수준의 무력을 가진 절정고수들을 이미 훨씬 능가했다.

쉬쉬쉭!

검이 바람개비처럼 회전을 하더니 막강한 풍압과 함께 앞으로 날아들었다.

거기다 각력에 힘을 더해 와룡무객에게로 단숨에 간격을 좁혔다.

검격이 와룡무객의 복부를 사선으로 그어 버렸다.

콰─앙!

검격이 작렬한 부분이 무참히 찢겨 나간다. 마치 톱니를 갖다 대고 잡아당긴 것처럼 육편이 사방으로 비산하고, 너덜너덜해진 육신이 무너진다.

바로 뒤에 있던 와룡무객 두 명은 크게 경악했다.

무성이 어느새 자신들의 눈앞까지 성큼 다가왔다.

콰콰콰콰!

검을 횡대로 긋는다. 검격에서 일어난 엄청난 풍압이 마치 날을 잘 벼린 엄청난 칼이 되어 버린 것 같다.

촤─악!

풍압이 단숨에 근방에 있던 와룡무객 다섯 명의 허리를 쓸고 지나갔다.

기다란 혈선이 직선처럼 그어지더니 핏물이 튄다.

상체와 하체가 분리된 시신 다섯 구가 바닥에 널브러진다. 내장이 아래로 우르르 쏟아진다. 그 위로 부서진 검 조각이 아무렇게나 뒹굴었다.

쉭!

무성은 피 웅덩이를 밟으며 몸으로 호선을 그렸다.

몸을 반전시키며 후미에서 공격해 오던 천검단원 두 명의 칼을 동시에 막았다.

챙!

교차하는 검 두 자루를 세로로 세워 막아선다.

"큭!"

"죽어!"

천검단원들은 자신들이 머릿수가 하나 더 많으니 힘이라면 무성을 찍어 누를 수 있을 거라 여겼다.

하지만 그들은 변이를 완성하며 신체적으로는 완벽한 무골(武骨)이 된 무성의 힘이 얼마나 대단한지를 모르고 있었다.

각력에 힘을 더하며 검을 아래로 내리친다.

깡! 깡!

"이, 이런……!"

"대체!"

반 토막 난 두 자루의 검이 허공으로 튀어 오른다.

무성은 무기를 잃고 경악에 잠긴 두 사람에게로 왼손을 벼락같이 뿌렸다.

퍼펑!

손을 한 번 뿌렸지만, 장력(掌力)에 실린 힘은 실로 대단했다.

좌측의 천검단원은 머리가 그대로 부서지고, 우측은 왼쪽 어깨와 팔이 송두리째 날아갔다. 심장까지 휩쓸린 듯

상반신 절반이 박살 났다.

털썩!

두 명이 약속이라도 한 듯이 동시에 허물어진다.

천검단원과 와룡무객들은 제자리에 못 박혀 섣불리 움직이지 못했다.

무성과 검을 한 차례 겨루면 무조건 죽는다.

그런 생각이 머릿속에 강하게 꽂혔다.

'생각보다 잘 됐어.'

무성은 살짝 얼얼한 왼손을 꽉 쥐었다.

근래 변이의 완성을 겪으면서 가파른 상승 곡선을 그리던 무력 상승도 차츰 줄어들고 있다. 특히 도효십이살의 성취는 거의 발전이 없었다.

육 성(六成).

도효를 접한 시기를 생각하면 대단한 성취지만, 한시라도 더 급히 강해져야 하는 무성으로서는 답답할 노릇이었다.

그래서 무성은 도효를 다양한 방법으로 다룰 수 있는 법을 연구해 보았다.

물론 실질적인 노력이 뒷받침하지 않으면 힘들다.

무성에게는 그런 시간적 여유가 부족했지만, 다행히 그

에게는 한유원이 남긴 묵혈관법이 있었다.

머릿속으로 심상 훈련을 해 보는 것이다.

무공의 특징을 잡아 그림으로 그리고 그것을 차츰 연결시키다 보면 어떤 동선이 그려진다.

이를 바탕으로 무성은 일 초식 효성서광을 손으로 펼치려는 노력을 해 보았다. 이미 검결지로 성공한 적이 있으니 다루기가 쉬울 거란 생각에서였다.

방식은 검(劍)이 아닌 장(掌).

검풍을 뿌리는 것이 효성서광이니 장법으로 풀어내면 장풍이 발현되지 않을까 하는 생각에서였다.

그런데 결과는 매우 성공적이었다.

공력 소모는 검으로 펼치는 것보다 적으나, 도리어 파괴력은 훨씬 큰 것 같다.

공력을 한데 응축시켰다가 폭발시키기 때문에 같은 원리더라도 결과에 미치는 영향이 큰 것이리라.

'그렇다면 다음에는 지(指)!'

쉭!

무성이 다시 몸을 움직이자, 와룡무객들은 좌측으로, 천검단원들은 우측으로 몸을 돌렸다.

무성이 더 이상 날뛸 수 없도록 단단히 가둬 버릴 심산이다.

하지만 무성은 검으로 바닥을 강하게 때렸다.

이미 먼저 쓰러졌던 시신들이 터지면서 육편과 핏줄기가 분수처럼 위로 튀어 오른다. 땅이 부서지면서 먼지와 돌조각도 같이 튀었다.

무성이 하체를 공격할 줄 알았던 와룡무객들은 달리다 말고 잠시 주춤거렸다.

그사이 무성이 허공에다 왼손을 뻗으며 가볍게 튕겼다.

피피피핑!

엄지를 제외한 네 손가락 끝에서 지풍이 날아든다.

하지만 이번에는 공력 조절이 실패해 팔이 크게 휘청거렸다.

무성은 팔이 부러질 것 같은 고통을 억지로 참았다. 다행히 곤호진기가 빠르게 돌면서 살짝 금이 간 뼈를 빠른 속도로 아물어 주었다.

네 개의 지풍 중 하나는 힘을 잃고 허공에서 터졌다.

하지만 나머지 세 개는 와룡무객들을 잇달아 두들겼다.

한 명은 옆으로 홱 몸을 틀어 피했다. 하지만 다른 한 명은 검으로 막아 보려다 검에 퀭한 구멍이 뚫리며, 미간에도 똑같은 바람구멍을 허락하고 말았다.

다른 한 명은 달리던 도중 목에 지풍을 맞고 붕 떠올랐다가 그대로 주저앉았다. 지풍은 거기서 그치지 않고 바로 뒤에 있던 와룡무객의 어깨도 같이 날려 버렸다.

"크아악!"

"으윽!"

무성은 비명 소리를 들으면서도 무심했다.

'세밀한 공력 조절이 필요해. 위력은 제법이지만 원거리 타격에 능해야 할 지풍의 특징이 반감되고 말아.'

무성은 머릿속으로 개량해야 할 부분들을 생각해 두고 이번에는 천검단원 쪽으로 몸을 돌렸다.

'그다음에는 각(脚)과 퇴(腿).'

곤호진기가 용천혈 쪽으로 내려갔다.

백운은 이를 악물었다.

'우리를 상대로 무공을 실험하고 있다!'

대체 자신들을 무엇으로 보는 걸까?

하지만 분노는 오래가지 못했다.

무성이 어느덧 다시 활개를 치기 시작했다.

몸을 허공으로 되돌린다 싶더니 강맹한 각력에서 힘이 발출된다.

콰콰콰콰!

몸이 터져 나간다. 무사들이 쓸려 나갔다.

무성은 난데없이 검을 도로 검집 안으로 밀어 넣었다.

'다음에는 보(步)와 신(身)!'

땅을 세게 밟으며 몸에 힘을 실었다.

쿵!

'먼저 보.'

진각과 함께 시작된 힘이 전사경(轉絲勁)의 이치에 따라 공력을 대거 검에다 담았다.

누르고, 누르고, 계속 억지로 눌러 담았다.

'그다음에는 신.'

검신이 부르르 떨리면서 밖으로 나가게 해 달라고 빌었다. 검집이 시푸른 빛을 토하며 금방이라도 폭발할 것처럼 굴었다.

도효십이살은 쾌검을 이용한다.

하지만 반대로 느려지면 어떻게 될까?

막강한 회전력과 가속력을 응축시키고 또 응축시키다 단번에 폭발시킨다면?

단전이 부글부글 끓어오른다. 검신이 뜨겁게 달아올라 엄청난 열기를 발산했다.

'더, 더, 더!'

와룡무객과 천검단원은 무성의 그런 변화를 알아채고 다시 공격을 감행한다. 특히 초조함이 극에 달한 백운은 무성을 잡아야겠다는 일념 하나로 가득 찼다.

그들이 바보가 아닌 이상에야 뻔히 눈치챈다.

무성이 무언가를 준비한다는 사실을.

"죽여!"

일제히 무성을 향해 검을 내뻗는 찰나, 무성이 기다렸다는 듯이 몸을 옆으로 홱 돌렸다.

도효십이살 육 초식, 사광낙일(斜光洛日)!

콰콰콰콰!

검이 폭발하듯이 엄청난 폭풍을 토해 낸다.

칼바람은 마치 미친 황소처럼 날뛰며 눈앞에 있는 것들을 단숨에 쓸어버렸다.

콰—앙!

사광낙일이 작렬한 벽면이 그대로 터져 나간다.

무성의 앞에는 아무것도 남지 않았다. 와룡무객도 천검단원도, 백운도.

그저 몇 방울 떨어진 붉은 핏자국만 남아 있을 뿐.

발치에서 아래를 살짝 내려다보니 무사들이 놀란 눈이 되어 다모각 쪽으로 뛰어오고 있었다.

이제야 다모각에서 어떤 변고가 생긴 것을 깨닫고 다급히 움직이는 것이리라.

무성은 그들을 가만히 내려다보다 몸을 돌렸다.

다모각의 층수는 모두 세 개.

그중 일 층은 정리했으니 이 층으로 올라가야 한다.

'유화는 이 층에 있어.'

걸음이 다급해졌다.

第四章

족쇄를 벗다

쿠쿠쿠!

건물이 통째로 흔들린다. 천장에서 가루가 부스스 떨어졌다.

"지, 지진인가?"

유화는 떨리는 눈길로 가만히 천장을 쳐다보았다.

제갈문경의 명령에 따라 정체를 알 수 없는 이 방에 계속 갇혀 있다.

문밖에는 와룡무객 두 명이 대기하면서 그녀를 철저히 감시하고 있었다.

방효거사는 어떻게 되었는지, 무성은 다치지 않았는지

전혀 알지 못한다. 이 방은 흔한 창문도 없어서 바깥 상황도 알지 못해 답답하기만 했다.

그때 밖이 갑자기 소란스러워졌다.

"빨리빨리 움직여!"

"일 층이다! 모두 일 층으로 움직여라!"

부산스럽게 움직이는 소리. 복도를 달리는 소리다.

유화의 마음도 덩달아 다급해졌다.

쿵, 쿵, 쿵!

"저기요! 저기요!"

문을 세게 두들기자, 문에 살짝 난 구멍을 따라 와룡무객의 눈이 나타났다.

유화에게 익숙한 눈이다. 밖에서 방을 감시하는 무사의 것이었다.

"왜 그러시오? 필요한 것이라도 있소?"

"밖에 무슨 일이라도 있나요?"

"그쪽은 몰라도 되는 것이오. 소란은 금세 사그라질 테니."

"하지만……!"

유화가 뭐라고 말을 대답하기도 전에 구멍은 다시 메워졌다.

유화는 정말 답답한 마음을 달랠 길이 없었다.

다시 제자리로 돌아와 침상에 엉덩이를 걸친다. 땅이 꺼져라 한숨이 나왔다.

'분명 무성과 관련이 있을 텐데.'

무성이 무슨 일을 꾸미려는지 모른다.

하지만 그가 이 무신련이라는 거대한 단체에 무슨 일을 하려는 것쯤은 알고 있다. 그것이 절대 좋은 의미가 아니라는 것도.

얼마 전까지만 해도 평화롭게 지냈던 나날들인데.

어쩌다 이렇게까지 되었을까?

'무성······!'

유화는 양손으로 얼굴을 묻었다.

"무서운가요?"

그때 맞은편에서 목소리가 들렸다.

고개를 드니 유화가 오기 전부터 이 방에 있었던 여인이 그녀를 보고 있었다.

전체적으로 아리따운 외모를 자랑하는 미녀였으나, 눈가가 살짝 찢어져 날카로운 인상을 자랑했다.

"무슨 일로 붙잡혀 왔는지 모르겠지만, 빠져나갈 수 있는 방법은 어디에도 없어요. 오로지 신기수사, 그분의 마음에 달렸을 뿐."

"저는 이곳 사람이 아니에요."

"이곳에 온 이상 당신도 강호의 사람이 된 겁니다. 강호란 늪과 같아서 평생 동안 멀리 할 수는 있지만, 한 번 발을 들이게 되면 계속 빠지고 말죠."

"……."

유화는 여인의 모습에서 허무함을 느꼈다.

날카로운 인상이나 모든 것을 버린 듯한 태도. 세상을 달관한 모습이다. 톡 치면 확 하고 부서질 것 같다.

유화는 고개를 저었다.

"저는 믿어요. 무성이 올 거라고."

"그가 누군지는 모르겠지만 어쩔 수 없……!"

"유화! 유화라는 계집이 누구냐?"

갑자기 문이 열리더니 와룡무객이 거칠게 들어왔다.

성난 인상을 한 그는 두 여인을 훑어보다가 몸을 웅크린 채 부들부들 떠는 유화를 발견했다.

"네년이냐?"

와룡무객은 부들부들 떠는 유화에게로 다가갔다.

그때 유화 앞으로 여인이 갑자기 불쑥 나타나 와룡무객의 앞길을 막았다.

"이년은 뭐야?"

"제갈 숙부님은 어디 계시죠? 분명 우리에게 함부로 손을 쓰지 말라 엄명을 하셨을 텐데요?"

와룡무객이 인상을 와락 찡그렸다.

잠시 갈등한다. 제갈문경의 명령이 떠오른 탓이다.

하지만 고민은 잠시. 급박하게 돌아가는 상황을 깨달은
그는 여인을 거세게 밀쳤다.

"비켜! 지금 허튼 곳에 낭비할 시간 없으니까!"

"꺄아악!"

"괘, 괜찮아요? 아악!"

유화는 바닥에 뒹구는 여인을 부축하려다가 머리 뒷덜
미를 잡아채는 고통에 일어서고 말았다.

와룡무객은 그녀의 목에다 검을 들이댔다.

"네년의 기둥서방 때문에 지금 밖에 무슨 일이 벌어지
는지 아나?"

'무성!'

유화의 큼지막한 두 눈이 더 커졌다. 눈가에 눈물이 맺
혔다.

"따라와 줘야겠다."

와룡무객이 거칠게 유화를 잡아끈다.

힘이 달린 유화는 저항도 못하고 힘없이 질질 끌려가야
만 했다. 여인이 그녀를 도와주려 했지만 서슬 퍼런 검에
미처 아무것도 못 했다.

"거기까지."

그때 와룡무객의 걸음이 멈췄다. 그의 얼굴이 잔뜩 굳어졌다.

눈앞에 마주치고 싶지 않았던 존재가 나타났다.

전신을 피로 물들인 사내.

이곳으로 오면서 또 얼마나 많은 무사들을 베었는지 옷은 온통 새빨갛고 검신에서는 피가 뚝뚝 떨어진다.

두 눈은 고요히 귀화를 타오르고 있어 괴기스러운 공포를 더한다.

와룡무객은 정말 심령이라도 들은 것처럼 발이 땅에 딱 달라붙은 채 한 걸음도 옮기지 못했다.

부르르!

오금이 저린 듯 몸이 떨렸다.

"성아……!"

유화가 애타는 목소리로 무성을 찾았다. 눈가에 고였던 눈물이 또르르 흘러내렸다.

무성은 그녀에게만큼은 미소를 지어 주었다.

"구해 주러 왔어, 유화."

무성의 웃음은 너무나 따스했다.

자신을 위해서 몇 번이고 스스로를 희생했던 여인이다. 자신의 억지를 받아주며, 그때마다 큰 도움을 주었던 친구다.

그런 사람을 또 다치게 만들었다.

천천히 걸음을 옮긴다.

그녀에게로 다가간다. 점차 가까워진다.

"머, 멈춰! 더, 더 이상 가까이 오지 마!"

와룡무객은 뒤에서 유화의 목덜미를 잡아 검을 갖다 댔다.

무성의 걸음이 멈췄다. 귀화가 타올랐다.

와룡무객은 억지로 여유로운 척 웃음을 지었다. 하지만 다리는 후들후들 떨렸다.

"기, 길을 내! 안 그럼 네 여자가 다친다! 어서!"

자칫 실수라도 유화의 목에 검이 닿을 것 같다.

유화는 안색이 창백해졌지만 소리 지르지 않고 입을 꾹 다물었다. 두 눈은 겁에 질렸지만 주먹을 꽉 쥐고 무성을 응시했다.

그러다 고개를 끄덕였다.

너를 끝까지 믿겠다는 뜻이다.

무성 역시 고개를 가만히 끄덕였다. 다시 걸음을 옮겼다.

한 걸음. 두 걸음.

와룡무객은 뒤로 주춤 물러섰다. 유화를 안고 있는 터

라, 걸음을 머뭇거린다. 반 걸음, 한 걸음.

"그녀를 다치게 하면 넌 죽어."

"씨, 씨팔! 여기 가만히 있어도 죽잖아! 호, 혹시 계, 계집을 풀어 주면 날 푸, 풀어 줄 거냐?"

무성은 고개를 저었다. 세 걸음.

"아니. 그래도 죽는다."

"개 같은! 그럼 나더러 어쩌란 거냐!"

와룡무객이 고래고래 소리를 지르며 물러선다. 한 걸음 반. 하지만 거의 제자리걸음이다.

몸에 바짝 힘이 실린다. 팔이 뻣뻣해진다.

검이 유화에게 아슬아슬하게 닿으려는 찰나, 무성이 네 걸음째를 밟았다.

쉭!

몸을 뒤튼다. 검이 사선으로 허공을 가로지른다.

검이 광망을 터뜨리는 것과 와룡무객의 머리가 허공으로 튀어 오른 것은 동시였다.

격공장의 묘리를 검에다 섞어 빠른 쾌검으로 검풍을 날려 공간을 통째로 도려낸 것이다.

촤—악!

"꺄아아아악!"

유화는 뒤늦게 머리를 부여잡으며 제자리에 웅크렸다.

찢어져라 비명을 질렀다.

그때 무언가가 그녀를 확 하고 잡아당겼다.

탄탄한 가슴이 얼굴에 닿으며 따스하고 부드러운 무언가가 그녀를 꼭 끌어안았다. 안쪽으로 당기며 직접 몸으로 보호해 주었다.

후두둑!

와룡무객의 머리가 그 위로 떨어진다. 무성은 핏물을 고스란히 뒤집어썼다.

유화는 한참 후에야 억지로 고개를 들었다.

글썽거리는 시야로 흠뻑 웃고 있는 무성이 들어왔다.

무성은 그녀를 꼭 안은 채로 등을 다독여 주었다.

"괜찮아. 이젠 괜찮으니까 걱정 마."

"무성……!"

유화는 무성을 더 세게 끌어안았다. 눈물이 펑펑 쏟아졌다.

무성은 한참이나 유화를 달랬다.

얼마나 많이 무서웠을까, 하루 종일 얼마나 많은 걱정을 하고 있었을까.

강호와 관련이 없는 그녀를 끌어들였다는 생각에 미안한 마음만 든다.

이렇게나 착하고 따뜻한 아이인데. 예쁘고 마음씨 좋은

친구를 너무나 힘들게 했다는 사실에 가슴이 절로 미어졌다.

그렇게 한참 달래고 있을 때였다.

"흑의검령(黑衣劍靈)을 일수에 베다니…… 당신은 대체 누구죠? 사대 가문 사람은 아닌 것 같은데? 무신궁의 사람인가요?"

여인이 천천히 걸어온다. 유화와 같이 있던 이다.

살짝 옆으로 찢어진 눈매는 날카로운 인상을 지녔으나, 그 너머에 비친 눈동자는 허무함으로 가득하다.

무성에게 보인 것도 단순한 호기심일 뿐. 두려워하는 기색은 전혀 없다.

마치 감정만을 도려낸 것 같이 삭막하다.

"흑의검령이라면 저자를 말씀하시는 겁니까?"

무성이 머리가 잘린 채 죽은 와룡검객을 보자, 여인은 고개를 갸웃거렸다.

"설마 와룡검객의 부객주가 누군지도 몰랐단 말씀이신가요? 그래도 사대 가문에서도 손꼽히는 고수인데!"

"상대가 누군지는 중요하지 않습니다. 유화를 다치게 할 뻔했다는 사실만 중요할 뿐."

"……."

무성은 살짝 놀란 기색을 띤 여인을 보며 물었다.

"그보다 당신이 방소소(方素素) 소저이시겠지요?"

"저를 어떻게 아시는 거죠?"

여인은 경계에 찬 눈빛으로 뒤로 슬쩍 물러선다.

유화도 뒤늦게 고개를 들었다.

"무성? 너 저분을 알아?"

유화는 자신을 위험으로부터 구해 주려 했던 여인을 지키고 싶어 했다.

"응. 저분이 우리가 찾던 사람이야."

"그, 그럼……!"

"그래. 방효거사의 따님이셔."

유화가 크게 놀라 반문하려는데, 방소소가 크게 소리를 질렀다.

"설마 방효 그 작자가 보낸 건가요?"

"그래도 아버지에게 그런 표현은……."

"닥쳐! 당신이 뭔데 이래라저래라야!"

방소소는 앙칼진 목소리로 무성의 말을 잘랐다.

대신에 뒤로 성큼성큼 물러섰다. 어떻게든 무성으로부터 도망치기 위해서.

그러다 바닥에 떨어진 검을 주워 들었다. 흑의검령의 잘린 머리와 함께 나뒹굴던 검이다. 여인의 몸으로 무서울 법한 대도 줍는데 전혀 주저함이 없었다.

검을 무성에게로 겨눈다.

검병을 쥐는 손도, 자세도, 몸가짐도 모두 잘못되었다. 특히 검을 쥔 손이 크게 떨리고 있었다.

방효거사처럼 무공이라고는 익혀본 적도 없는 여인이다. 유화처럼 사실 강호와는 전혀 연관이 없는 평범한 사람이다.

무심했던 두 눈은 경계와 분노로 젖었다.

방효거사에 대한 원한이 그만큼 크다는 뜻이다.

"방 소저."

"오지 마! 오면 죽여 버릴 거야!"

"거사께서는 소저와 이야기를 나누고 싶어 하시오."

"이야기? 무슨 이야기? 나를 죽이겠다는 이야기? 당신을 버리고 상회를 팔아 버렸으니 이제는 나를 버리겠다는 이야기? 어머니처럼 필요가 다해지면 버리겠다는 이야기?"

"방 소저!"

"닥쳐!"

무성은 입을 꾹 다물고 말았다.

어느 정도 마음을 다 잡은 유화가 그녀를 불렀다.

"거사께서는 정말 당신을 그리워하셨어요! 진짜 당신이 잘못된 줄로만 알고 노심초사하셨다고요! 하지만 당신이 자신을 버린 것을 알고 나서도 어쩔 수 없다며 원망은커녕 슬퍼하셨던 분이시라고요!"

"닥치라고!"

방소소는 언성을 높여 유화까지 눌러 버렸다.

쭉 찢어진 눈매가 짜증으로 가득하다. 입술 끝이 비틀어졌다.

"그래. 그런 거였어. 사실 너도 방효가 보낸 거지? 제갈 숙부님께 갇힌 척하면서 내가 있는 곳을 방효에게 알리려고 했던 거지?"

"방 소저."

"그래! 그런 거야! 제길! 대체 어떻게 알아낸 거야? 이제 다 끝났다고 생각했는데! 언제까지 날 괴롭힐 거냐고!"

"어쩔 수 없군."

무성은 길게 한숨을 내쉬었다.

지금 이대로 방소소를 설득하기란 요원하다.

시간을 두고 차차 상황을 설명하면 모를 것이되, 지금은 한시가 촉박하다.

지금 이 순간에도 무사들이 다급히 올라오고 있을 터.

무성은 허공에다 손을 뻗어 지풍을 튕겼다. 다행히 몇 번의 연습을 통해 힘은 완벽히 조절해 두었다.

마혈과 수혈이 짚어지자, 방소소가 힘없이 떨어졌다.

무성은 몸을 날려 조심스레 그녀를 받았다.

"어떻게 된 거야?"

"잠시 잠든 것일 뿐이야. 걱정 마."

무성은 걱정하는 유화를 달래다 바깥이 웅성대는 소리를 들었다.

시신을 발견한 소리. 핏길을 따라가자는 소리. 다급히 움직이는 소리.

"벌써 도착했나? 유화!"

"으, 응?"

"지금부터 여기서 절대 한 발자국도 나가면 안 돼. 알겠지? 혹시 눈앞에 다른 사람들이 어슬렁거려도 소리를 내서는 안 돼. 방 소저와 함께 여기에 가만히 있어."

"그, 그게 무슨 소리야?"

"자세히 설명할 시간이 없어. 어서 이리 와."

유화는 방소소를 건네받고 무성의 지시에 따라 벽 한쪽 구석으로 들어갔다.

장롱과 굽어지는 벽 사이에 작게 난 공간이었다.

무성은 주변을 바쁘게 다니기 시작했다.

부서진 침상 파편을 알맞은 크기로 잘라 유화의 주변에다 놓는다. 일정한 순서에 맞게끔 배치하고 그 위에다 흑의검령의 피를 뿌렸다.

한유원은 생전에 병진(兵陣) 운용법은 물론 기타 여러 진법에도 많은 관심을 기울였다. 특히나 기환진을 다루는 솜씨는 북명검수를 상대로 성공했을 만큼 뛰어났다.

무성은 묵혈병론을 통해 진법을 공부했다.

시간이 부족해 기초 이론만 습득한 것이 전부였지만, 하급 기환진을 설치할 정도는 되었다.

그중에는 주변과 동화되어 기척을 흐리는 동화유진(同化幽陣)이 있다.

비록 존재감이 강한 자에게는 별 통용이 안 되나, 유화나 방소소 같이 무공을 익히지 않은 일반인들에게는 완벽한 숨바꼭질을 하는 것이 가능했다.

유화는 바닥에 쭈그리고 앉아 잠든 방소소를 꼭 끌어안았다. 눈물 젖은 눈으로 무성을 올려다보았다.

"무사히 돌아와야 해."

"응. 잠시만 기다려."

툭!

무성은 송곳니로 약지를 깨물어 진축에다가 자신의 피를 한 방울 떨어뜨렸다.

지잉, 하는 소리와 함께 공간에 파문이 일면서 유화가 서서히 사라졌다.

"다녀올게."

무성은 빙긋 웃어 주며 몸을 돌렸다.

스르륵!

무영화흔과 함께 어둠 속으로 스며들었다.

잠시 후.

타다닥!

일련의 무사들이 방으로 들어왔다.

"정말 여기 맞아?"

"분명 흔적은 이곳으로 이어지는데? 인질들도 여기에
모아 두었었어!"

"아무래도 벌써 데리고 탈출한 모양이군. 쫓아라! 아마
멀리 가지는 못했을 것이다!"

*   *   *

영호휘는 황소가 되었다.

단단한 뿔로 모든 것을 부수고 튼튼한 다리로 짓밟아버
리는 황소가.

쾅, 쾅, 쾅!

단번에 거목 세 그루가 터져 나간다.

엄청난 충격파는 그 너머에 있는 공간에 전달되고, 공간

을 이루던 진축은 부서질 것처럼 휘청거린다. 그러다 진법은 통째로 흔들리고 만다.

'대체 어떻게 이런 힘이……!'

제갈문경의 눈꺼풀이 파르르 떨렸다.

영호휘가 타고난 장사라는 것은 알고 있다. 그것이 영호권가의 권법과 무신의 절학이 더해져 엄청난 빛을 발한 것 또한.

하지만 여기에 이법이 더해지면서 영호휘는 전혀 새로운 경지에 발을 들였다.

어쩌면 같은 신주삼십육성 내에서도 상위권에 오를지도 모를 만큼!

'삼존! 설마 저 나이에 벌써 삼존 급에 올랐단 말이냐?'

믿기 힘든 일이다.

아니, 믿기 싫은 일이다.

그 역시 무공을 익힌 고수. 또한, 사대 가문의 가주다.

그런데 자신보다 아들뻘인 아이가, 자신과 같은 사대 가문의 가주가 훨씬 위의 경지를 밟았다는 사실은 도무지 납득할 수 없었다.

하지만 이것은 현실이었다.

콰―앙!

갑자기 진축이 부서지며 공간이 터져 나갔다.

"여기 있었군."

"……!"

제갈문경의 두 눈이 경악으로 자리 잡았다.

부서진 공간 너머로 영호휘가 차갑게 웃고 있었다. 그는 우악스러운 손길을 뻗었다.

파라락!

제갈문경은 호풍상인을 다시 발휘하며 뒤로 물러섰다.

하지만 영호휘는 눈 하나 깜빡하지 않았다. 몸을 반구 모양으로 둘러싸고 있는 발산거력패의 기운이 호신강기(護身罡氣) 역할을 하며 호풍상인을 모조리 튕겨 냈다.

영호휘는 그를 쫓는 대신에 허공에다 주먹을 강하게 격타했다.

콰―앙!

마치 유리창이 깨진 것처럼 공간 일부에 균열이 갔다.

찌거걱 하는 소리와 함께 균열이 거미줄처럼 사방으로 퍼지더니 공간이 우수수 무너져 내렸다.

그러자 주변 풍경이 집무실로 돌아왔다.

실내는 영호휘의 활약으로 인해 쑥대밭이 되어 있었다.

"대체 와룡무객들은 어디로 갔는가! 다모각을 지키고 있을 병력들은!"

제갈문경은 초조해졌다.

그 역시 고수라고는 하나, 무공과 담을 쌓은 지 너무 오래되었다.

더군다나 거력, 패기, 외공 등 영호휘가 자랑하는 무공들은 원거리에서 바람을 다루는 제갈문경에 있어 상성이 맞질 않았다.

영호휘는 그의 천적(天敵)이었다.

'도망쳐야 한다! 놈을 이길 수 있는 방법은 없어!'

제갈문경은 뒤를 힐끔힐끔 훔쳐보았다. 얼마 떨어지지 않는 곳에 창문이 있었다.

영호휘는 그 사실을 아는지 모르는지 쇄혼파벽을 재개하기 위해 어깨를 다시 세웠다.

공력을 한껏 끌어 모으며 차갑게 웃었다.

"뭘 하고 있긴. 이 안에 있는 작자들은……."

"모두 죽었지."

뒷말은 영호휘가 하지 않았다. 대신 등 뒤에서 들렸다.

적이 영호휘 한 사람만 있으란 법도 없지 않은가!

제갈문경이 아차 싶어 몸을 돌리려는 찰나, 어둠이 열리며 무성이 나타났다.

시야가 잿빛 섬광으로 물들었다.

쐐애애액!

무성은 진법이 무너지자마자 즉시 움직였다.

'신속!'

무성은 공력을 있는 힘껏 끌어 모은 것으로도 모자라 잠력을 한꺼번에 격발했다.

상대는 사대 가문의 가주. 신주삼십육성의 고수다.

영호휘처럼 그냥 상대해서는 잡기 힘들다.

전력을 다해 일격을 날려야 했다.

번—쩍!

검이 공간을 가른다. 빛살이 어둠을 자르는 궤적이 되어 제갈문경의 목을 치고자 했다.

"흐읍!"

제갈문경은 헛바람을 들이켜며 몸을 옆으로 물렸다.

아슬아슬하게 섬광은 목을 빗겨 나갔다.

오른쪽 뺨에 얇은 생채기가 생겨나고, 미처 공격을 피하지 못한 오른팔이 허공으로 튀었다. 손에는 다모각의 진법을 관리하는 열쇠인 호풍선(呼風扇)이 들려 있었다.

"잘했다! 그렇지 않아도 귀찮게 자꾸 도망치고 다녀서 어떻게 해야 하나 하는 참이었는데!"

그때 제갈문경의 뒤로 영호휘가 나타났다.

'빠르다!'

속도는 그렇다 치더라도 어떻게 기척도 없이 다가왔단 말인가!

제갈문경이 어떻게 피할 겨를도 없이 영호휘는 뒤에서 부터 움직일 수 없도록 꽉 끌어안았다.

"잊었소, 군사? 나 역시 귀병이었단 사실을?"

"……!"

제갈문경에게 영호휘의 목소리는 사신의 조롱으로 들렸다.

그 순간, 눈앞으로 무성이 나타났다.

마치 공간을 뚫고서 홀로 나타난 것 같은 움직임. 신속으로 무장해 일반 사람의 동체 시력으로는 절대 따라잡을 수 없는 속도였다.

그 속도가 검에 실렸다.

촤—악!

검이 제갈문경의 목을 사선으로 그었다.

뒤에서 꽉 잡은 영호휘와 검을 날린 무성.

이 두 사람이 손을 잡을 줄이야.

본디 모사란 자신만의 세상에서 사는 사람들. 그들에게 충돌적인 변수는 정신적 방황을 주는 요인이다.

대체 어디서부터 잘못되었을까?

영호휘의 야망은 애초부터 잘 알고 있었다. 하지만 그것을 이렇게 자신 앞에서 노골적으로 드러내며 적의를 보이려 한 적은 없었다.

제갈문경은 뒤늦게 그 이유를 찾았다.

자신에게 방황을 주고 만 요인을.

'그래. 이놈 때문이구나.'

눈앞에서 고요히 귀화를 태우고 있는 무성.

그를 만나면서 모든 일이 틀어졌다. 그가 나타나면서부터 무신련이 흔들리기 시작했다.

이자는 모든 것을 바꿔버릴 사내다.

영호휘?

인정한다. 분명 그는 무신련을 담을 그릇이다.

하지만,

"너……로 인해…… 무신련의 천하는…… 몰락하……고 말……겠구나!"

무성은 그보다 훨씬 더 크다.

강호를, 천하를, 세상을 담을 그릇이었다.

'묵혈, 그대가 날 이겼군.'

푸—우!

그 짧은 생각을 끝으로 목이 바닥으로 데구루루 굴러 떨어졌다.

파스스!

엄청난 가속도와 충만한 공력으로 인해 수명이 다한 검이 가루가 되어 사라진다.

무성은 멍하니 허공을 응시하는 제갈문경의 머리를, 고요한 눈으로 내려다보았다.

'천하? 내가 원하는 건 천하가 아니야.'

          *   *   *

약 일각 후, 다모각이 거친 폭발과 함께 내려앉았다.

사람들은 세상이 무너지는 듯한 충격에 무너진 건물의 잔해를 멍하니 보아야 했다.

"저, 저, 저⋯⋯!"

"사람 머리다! 신기수사의 목이야!"

그때 잔해 꼭대기에 무언가가 보였다.

다모각의 현판과 제갈문경의 목이었다.

만인이 충격과 공포에 잠긴 가운데, 제갈문경의 머리 아래로 그의 피로 적힌 한 글자가 눈에 들어왔다.

진(眞)

하지만 경고로 보이는 그 글자의 뜻을 아는 자는 아무도 없었다.

第五章

범과 용과 칼

　무신련이 소란스러워졌다.

　"모두 물러서시오!"

　"가까이 오지 마시오! 이곳은 현재 접근이 불가하니 다른 길로 돌아가시오!"

　어디선가 나타난 무사들이 일제히 다모각, 아니, 원래 다모각이었던 건물의 주변을 폐쇄 및 통제하기 시작했다.

　하지만 다모각은 무신련 내에서도 중앙에 위치한 터라 근처로 지나가는 유동 인구가 많았다. 더군다나 소문을 듣고 상황을 살피러 온 이들까지 인산인해를 이뤘다.

　결국 여기저기서 많은 실랑이가 벌어졌다.

그러나 사람들의 표정은 대부분 대동소이했다.

걱정과 불안. 그리고 우려.

언제나 강북의 제왕으로서 무소불위의 권력을 휘두르던 무신련이 아닌가.

어느 누구 하나 그들을 대적할 생각을 하지 못했다.

심지어 장강을 기준으로 무신련을 노려보는 남맹도 함부로 전면적인 도발을 못할 정도로 무신련이 가진 힘은 대단했다.

그런데 처음으로 변고가 터졌다.

안방에서 무신련의 두뇌, 신기수사 제갈문경의 목이 내걸렸다.

무신련으로서는 처음으로 받는 도발인 셈이다.

결국 이러한 사태는 일파만파 퍼져 무사들을 들끓게 만들었다.

진(眞).

신기수사의 피로 현판에 적힌 글자.

"귀병 중 한 명의 누이 이름이 '진'이었지, 아마?"

북적대는 인파들 사이로 방갓을 깊게 눌러쓴 사내.

언뜻 비친 얼굴은 선이 굵직해 남자다운 인상을 자랑했다.

"안 되었구려, 군사."

하지만 걱정으로 가득한 다른 사람들과 다르게 사내의 눈가엔 연민이 가득했다.

"당신은 줄곧 입버릇처럼 자신이 야심이 없다 하였지만, 세상 사람들을 마음대로 다루려 했던 것부터가 곧 야심이었소. 그것이 스스로의 화를 자초한 게요."

사내는 손가락으로 방갓 끝을 잡아 푹 눌러썼다.

"……어쩌면 나 역시 그대와 다를 바가 없을지도 모르지만."

사내는 비스듬히 몸을 돌렸다.

살짝 흔들리는 전포 사이로 비치는 그림.

숲을 달리는 범.

대호궁의 주인을 상징하는 문장이었다.

*　　*　　*

구름을 노니는 용.

거룡궁의 주인을 상징하는 깃발이 바람에 힘차게 펄럭인다.

하지만 정작 문장의 주인인 영호휘는 따분한 기색이 역력했다.

"그러니까 본인은 아무런 관련이 없다 하지 않는가? 혹 본인이 제갈가주를 해한 범인이라 생각하는 건 아니겠지?"

영호휘가 인상을 찡그리며 으르렁거린다.

그러자 그를 추궁하던 형당의 당원들은 기백에 놀라 흠칫 물러서고 말았다.

"그, 그것이 아니오라……!"

"그저 저희들은 이공자께서 어제 늦은 시각에 거룡궁을 나왔던 모습을 본 목격자들이 있다 하여 혹 살수에 대해 아시는 것이 있을까 싶어……!"

"말했듯이 본인은 그때 다모각으로 가던 것이 아니라 기화원(奇花園)으로 산보를 하던 것이라 하지 않느냐? 아마 목격자라는 이들도 기화원이 다모각 근방에 있으니 착각을 한 것이겠지."

영호휘는 거드름을 피우며 다리를 꼬았다.

여유가 가득히 묻어난다.

반면에 당원들은 조바심이 일었다.

심증은 있으나 물증이 없다.

공교롭게도 영호휘가 다모각 근방으로 간 것을 목격한 사람은 있으나, 직접 들어간 것을 본 사람은 없다.

특히 이번 사건은 생존자가 단 한 명도 없었다.

다모각을 구성하던 수많은 모사와 책사들은 물론, 제갈선가가 자랑하던 천검단과 와룡무객이 일제히 건물 잔해에 매장되어 버린 것이다.

제갈선가의 갑작스러운 몰락이라 할 수 있는 사태에 무신련은 완전히 정지해 버렸다. 자금, 무력, 멀리는 경영의 대소사까지.

아직은 그럭저럭 유기적으로 움직이고 있으나, 조만간 커다란 혼란이 닥치리라.

그래서 형당 당원들은 한시라도 급히 제갈문경을 시해한 범인을 찾아야만 했다.

곧 엄습할 재앙을 조금이나마 예방하기 위해서라도.

하지만 가장 유력한 용의자는 영호휘다.

사대 가문의 정점이자 차후 무신련의 주인에 가장 근접했다는 자. 권력의 중심을 두고 어느 누가 추궁을 할 수 있단 말인가.

영호휘가 오만하게 턱을 치켜들었다.

"더군다나 범인이라면 어제 뇌옥에서 탈출한 죄수들이 아니었나? 이런 곳에서 괜한 시간 낭비하지 말고, 죄수들이 련을 빠져나가기 전에 놈들부터 잡으시게."

그때 형당 당원 중에서 유일하게 겁을 먹지 않은 사내가 물었다.

"이미 외부로의 출입을 모두 불허하였습니다. 달리 수색이 병행되고 있으니 곧 죄수를 발견할 것입니다."

"그렇다면 다행이고. 그 죄수를 달리 귀병이라 한다지? 알다시피 나 역시 귀병으로 인해 아끼던 수하들을 잃은 몸이야."

영호휘가 엄숙하게 말을 이었다.

"그들을 잡고 싶은 마음은 본인 역시 굴뚝같다네. 그러니 도움이 필요할 때면 언제든지 말씀하시게. 본가에서 전폭적인 지원을 해 줄 터이니."

"말씀 감사합니다."

이렇게까지 말하는데 더 이상 뭐라 할 말이 없다.

그래도 당원은 이대로 물러나기가 어려운지 한 가지를 물었다.

"……마지막으로 한 가지만 더 여쭙겠습니다."

"얼마든지."

"혹 이공자께서 기화원으로 간 것을 증명해 줄 사람이 있습니까?"

"이 친구일세."

영호휘가 턱짓으로 뒤에 가만히 시립해 있던 자를 가리켰다.

무뚝뚝한 얼굴. 이렇다 할 특징이 없다. 어딜 가나 흔히

볼 수 있을 평범한 얼굴이다.

"처음 보는 자로군요."

"죽은 적 대장을 대신해 이번에 새로 선출한 자일세. 앞으로 나와 함께 공석에서 자주 출몰할 것이니 얼굴이나 잘 익혀 두시게. 이래 봬도 이 친구, 능력이 좋아."

무사가 무뚝뚝하게 서 있다가 당원과 눈이 마주치자 가볍게 고개를 끄덕인다.

당원은 눈을 가느다랗게 좁혔다.

무언가를 탐색하는 눈길. 수상한 점을 찾으려 한다.

하지만 당원은 뜻하던 바를 아무것도 찾아내지 못하고 몸을 돌렸다.

"협조 감사합니다. 하면 돌아가자."

당원들은 거룡궁을 벗어났다.

수많은 의문만을 심중에 품은 채로.

당원들이 사라지고 얼마나 지났을까.

갑자기 아무 말없이 있던 무사가 가만히 입을 열었다.

"꽤나 날카로운 자군."

"형당의 색도표안(索道彪眼) 하충(夏沖)이라 하면 모두가 기겁을 하지. 한 번 물면 절대 놓지 않는 데다가 예리하기로는 형당 제일이거든. 조만간 형당의 당주가 될 거란 소문도 있지."

"하지만 무영화흔으로 접근하고, 다모각까지 무너뜨렸는데도 불구하고 목격자가 있을 줄이야."

"무영화흔은 인식에서 벗어나는 것이지 사실을 지우는 건 아니니까. 아마 눈썰미가 예리한 몇몇이 발견한 것일 테지만. 글쎄? 그게 고작일 테지."

"내게서 이상한 낌새를 챈 것 같던데?"

무사의 물음에 영호휘가 재미난지 크게 웃었다.

"아무래도 그런 소란이 있은 지 얼마 되지 않은 마당에 안 그래도 수상쩍은 놈 옆에 더 수상쩍은 놈이 나타났으니까. 하하하하!"

무사는 눈을 가느다랗게 좁히다가 이내 얼굴을 압박하던 기운을 풀었다.

스르르!

피부가 노인의 것처럼 자글자글하게 일어나 주름이 되었다. 그리고 그 주름은 용암처럼 흘러내리다 다른 모양으로 딱딱 맞춰 들어갔다.

두둑! 둑!

뼈가 살짝 비틀리는 소리와 함께 골격이 본래의 모습으로 돌아간다.

선이 굵지만 아직 앳된 인상이 남아 있는 얼굴. 무성이었다.

무성은 손으로 얼굴을 매만지며 작게 중얼거렸다.

"정말 감쪽같아."

"천변만화공(千變萬化功)을 우습게보지 마라. 무화총람
(武華總攬) 내에서도 상급으로 분류되는 것이니까."

"무화총람?"

"들어본 적 없나? 세상 모든 무공을 한데 모은 보고(寶
庫)에 대해서."

무성도 들은 적이 있다.

삼재검법 같은 저잣거리의 삼류 무공부터 소림사의 백
보신권 같은 신공절학까지. 천 년 전에 절전되었다는 천마
(天魔)의 마공부터 오늘날 융성한 무신의 비급까지.

시대와 등급을 막론하고 수천수만 가지의 무공이 한데
모였다는 총본산.

하지만 수많은 무인들이 꿈꾸었으나, 어느 누구도 위치
를 알아내지 못했다.

덕분에 항간에는 헛된 소문으로만 여겨졌었다.

"정말 있었나? 그런 것이?"

"이곳은 무신련이다."

영호휘는 광오한 한 마디를 던졌다.

"잊지 마라. 사부는 무의 신. 절대 불가능한 것이 없는

분이시다. 그분이 마음만 먹는다면 설사 강호 정복도 무리는 아니니까."

"……."

무성의 눈이 깊게 가라앉았다.

"한 가지를 더 말해 주자면, 너희들이 익힌 이법도 사실 북궁민이 무화총람에서 빼돌린 것이다."

"……!"

"과거에 어디선가 흘러나왔으나, 어디론가 묻히고 만 무공. 아니, 과연 이것을 두고 무공이라 할 수 있을까? 이 법이 가진 비밀이 얼마나 무수히 많은지는 아무도 모른다. 처음부터 이법을 제대로 익힌 것은 너밖에 없으니."

영호휘의 두 눈이 무성을 직시했다.

귀병으로 참여한 간독, 남소유, 영호휘. 세 명 다 기존에 다른 무공을 익혔었다. 결국 이법을 그 위에다 덧씌운 것밖에는 되지 않는다.

하지만 무성은 다르다.

일반 무관에서 무공을 배우긴 했지만 기본기일 뿐.

빈 그릇을 이법으로 채웠다.

이것이 어떤 결과를 줄지는 아무도 모른다.

무성이 겪고 있는 신체적 변화도 사실상 오로지 그만이 밟은 길이다.

"아무튼 이만 가 봐. 그리고 오늘 밤에 무혈무회(武血武會)가 있으니 반드시 참석하고."

무성의 눈에서 귀화가 타올랐다.

무혈무회는 무신련 내 서열 백 위 안에 드는 간부들이 모이는 회의로, 근래 연달아 터진 사대 가문의 변고에 대해 의논을 하기 위해 긴급하게 소집된 것이었다.

개중에는 영호휘와 대공자를 비롯한 무신의 네 제자들도 참석을 할 터.

"주익도 올지 모르지."

"……."

무성이 입을 꾹 다물었다.

유유히 타오르는 귀화. 그의 분노를 말해 주었다.

영호휘는 그 모습을 보며 미소가 진해졌다.

무성은 다시 천변만화공으로 얼굴을 바꾸고 거룡궁의 복도를 거닐었다.

'무화총람…… 그런 게 정말 있다면 이법을 분석하는데 있어서 큰 도움이 될 텐데.'

영호휘가 어째서 무화총람에 대해 언급했는지 모른다.

어쩌면 미끼일 수도 있다.

자신을 제 맘대로 다루려는 미끼.

더군다나 오늘 밤에 주익이 나타날지도 모르는 일. 영호휘로서는 무성을 흔들어 놓고 싶을 것이다.

'오늘 밤이야. 오늘 밤.'

무성은 작게 중얼거렸다.

*   *   *

영호휘는 무성과 방효거사를 위해 거룡궁 내에 따로 거처를 내주었다.

소란이 가시기 전까지는 조용히 머물라면서.

'하지만 조용해지기는 글렀지.'

문에다 손을 가져가려는데, 안에서 무언가 부서지는 소리가 들렸다.

와장창창!

집기가 부서지는 소리. 고래고래 고함치는 소리. 악다구니. 비명 소리. 그리고 이어지는 한숨 소리.

무성은 안에서 무슨 일이 벌어지는지 알 것 같은 마음에 짧게 한숨을 내쉬며 문을 열었다.

"무성!"

유화가 무성을 발견하고 부리나케 달려왔다.

그녀의 얼굴은 온통 걱정으로 가득했다.

"거사와 방 언니가……!"

"알고 있어."

어떻게든 딸을 설득하려는 방효거사. 그런 아버지를 표독스럽게 몰아붙이는 방소소.

"그런 것이 아니었다. 얘야!"

"시끄러워! 당신 같은 사람한테 변명 듣고 싶은 마음도 없고!"

방소소는 거칠게 욕설을 퍼붓기에 바빴다.

무성은 가만히 두 사람을 보다가 유화의 손을 잡고 밖으로 나왔다.

"어, 어쩌려고?"

"두 사람의 일이야. 삼자가 끼어드는 건 안 좋을 뿐이야."

"하지만……!"

"거사를 믿어. 잘 하실 테니."

"응."

유화는 안타까워하다 끝내 고개를 끄덕였다.

가라앉은 무성의 눈, 하지만 그 깊은 곳에서는 수많은 감정들이 일렁거렸다.

'너는 가족도 있으면서 왜……!'

딸을 품으려는 아버지와 그런 아버지를 내치는 딸.

그들의 마음을 이해 못 하는 것은 아니지만, 무성은 그 것이 싫었다.

자신에게는 혈육이라고는 아무도 남아 있지 않으니까.

저들에게는 무한하게 주어진 시간이지만, 자신에게는 그런 시간도 없으니까.

아니, 있다 해도 만날 수가 없으니까.

그때 갑자기 닫혔던 문이 활짝 열리더니 방소소가 거친 걸음으로 튀어나왔다.

"내가 여기 있을 이유는 전혀 없……! 그래! 너야! 너 때문에 이런 꼴이 된 거야!"

방소소는 무성과 눈이 마주치자마자 눈에 불을 켰다.

뒤따라 달려온 방효거사가 안타까운 얼굴을 하며 딸을 말리려 했다.

그런데 무성이 손을 뻗으며 고개를 저어 방효거사를 말렸다.

대신에 무심한 눈길로 방소소를 응시했다.

"왜? 내게 할 말이라도 있어?"

"아니. 부러워서."

무성은 말없이 몸을 돌렸다.

"뭐? 너, 지금 뭐라고 했어?"

"……."

"야! 불렀으면 대답을 해야 할 것 아니야!"

하지만 무성은 대답 없이 자신의 방으로 걸음을 옮겼다.

*   *   *

무사 범일(范溢)은 바닥에 쓰러진 새를 보고 발을 동동 굴렸다.

"이를 어찌하면 좋지?"

밤새 있었던 사건으로 인해 소란스러운 상황이다.

그가 소속된 매검각(梅劍閣) 역시 비상이 떨어진 상태. 덕분에 범일은 상부의 명령에 따라 북쪽 망루로 급히 움직이던 차였다.

주작대로는 사람이 많아 북적거리니 평소 자주 사용하는 지름길인 정원을 가로지르려 했다.

그러다 우연히 발에 무언가가 툭 걸렸다.

처음에는 흔한 돌멩이인 줄 알고 무시하려 했지만, '끼이익!' 대는 비명 소리에 즉시 걸음을 멈췄다.

발치에 걸린 것은 매였다.

아니, 정말 매라고 할 수 있을지는 모르겠다.

몸통은 범일이 알고 있는 매보다 주먹 하나는 작았다. 하지만 날개가 매우 길었고 아래로 살짝 굽은 부리가 딱딱

해 매라고 생각했다.

그런데 매는 날개가 크게 다친 상태였다.

사람 팔뚝만 한 오른쪽 날개에 화살 두 자루가 꽂혀 있었다.

화살 맞은 자리는 깃털이 대부분 빠져 버렸고 대신에 붉은 피로 가득 했다.

무신련은 적으로부터의 방비를 위해 주변에 험한 산자락이 많다.

아마 그쪽 인근에서 놀다가 사냥꾼의 화살을 맞은 것일 터. 잡히지 않기 위해 겨우겨우 사람들이 있는 곳으로 날다가 끝내 무신련 정원에 떨어진 모양이었다.

보통 무사라면 이깟 매쯤은 무시하고 명령을 우선시했을 것이다.

범일은 어렸을 때부터 다친 동물이 있으면 절대 못 지나치는 성격이었다.

작전을 수행하는 와중에도 동료가 부상을 입으면 어떻게든 구출을 하곤 했다.

때문에 주변 동료들로부터 마음이 너무 약하다며 늘 타박을 받았으나, 반대로 그런 착한 면모 덕분에 사람들은 항상 그를 좋아했다.

"애야, 해치지 않을 테니 가만히 있어 보렴. 화살이라도 빼야 하지 않겠니?"

범일은 조심스레 손을 뻗었지만, 매는 사나운 부리로 도리어 그의 손을 쪼았다.

끼이익!

절대 자신에게 손을 대지 말라는 표시다.

두 눈은 경계심이 단단히 어려 있다. 죽을 위기에 처한 녀석이 보이는 발악이다. 녀석은 범일을 자신을 해한 범인이라 생각하고 있었다.

매가 계속 저항을 해서야 치료를 해 줄 수 없다.

하지만 손을 쓰지 못하고 우왕좌왕하는 사이에 상처는 더 벌어진다.

어찌하면 좋을지 몰라 안절부절못하는 그때, 갑자기 누군가가 불쑥 범일 옆으로 다가왔다.

"그 아이는 지금 자네를 경계하는 것이 아니라 겁을 먹은 것이라네. 제아무리 똑똑하다 하여도 짐승. 자네가 그렇게 당황해서야 그 아이도 덩달아 흥분하고 말지."

말을 꺼낸 사내는 방갓을 깊게 눌러 쓰고 전포를 몸에 두르고 있었다.

서른 살은 넘었을까?

방갓 사이로 언뜻 드러난 얼굴은 선이 굵었다.

범일보다도 젊은 것 같았지만, 차분한 목소리와 절도 있는 기품이 고위층 인사라는 점을 말해 주었다.

"어찌…… 하면 좋겠습니까?"

범일은 저도 모르게 분위기에 젖어 존대를 꺼냈다.

사내는 범일 쪽으로 시선도 주지 않고 한쪽 무릎을 살짝 굽혀 매를 내려다보았다. 매는 부리부리한 눈매를 사내 쪽으로 돌렸다.

"내가 흥분을 가라앉히게 할 테니, 자네가 그사이에 화살을 뽑아 주겠나?"

"아, 알겠습니다."

범일은 어떻게 할 건지 방법 따윈 묻지 않았다.

그냥 하게 되었다. 사내가 하는 말은 어떻게든 이뤄질 것 같은 마력이 있었다.

사내는 차분하게 매에게로 손을 뻗었다. 손바닥을 활짝 펼쳐 보이며 매가 사나운 기질을 보이지 않도록 차분하게 행동했다.

"착하지. 착하지. 많이 아프지 않느냐? 우리가 도와줄 테니 얌전히 있으려무나. 어이쿠. 역시나 착하구나."

사내는 어느덧 매의 작은 몸통을 손으로 쓰다듬었다.

매는 부리를 사내 쪽으로 돌렸지만 쪼지는 않았다.

부드러운 손길이 계속 이어질 때마다 경계가 어렸던 두 눈이 조금씩 풀렸다. 고통으로 파르르 떨리던 몸통도 조금씩 가라앉았다.

범일은 놀란 눈으로 즉시 화살 두 대를 뽑았다.

손길이 서툴러 화살이 뽑힐 때마다 매가 화들짝 놀랐다. 그때마다 여지없이 사내의 부드러운 손길이 닿았다.

"아프지 않다. 아프지 않다."

사내는 손끝으로 상처를 얼러 만졌다.

그러자 신기하게도 상처에서 쏟아지던 핏물이 서서히 사그라지더니 뚝 그쳤다.

사내는 마저 품에서 하얀 붕대를 꺼내 매의 날개를 정성스레 감아주었다.

쉽게 풀리지 않도록 매듭까지 묶어 주자, 그제야 매도 천천히 고개를 들었다.

끼익!

"이제 괜찮다니 다행이구나."

끼이익! 끼익!

"내게 고마워할 필욘 없단다. 그보다 널 발견하고 도와주려 했던 이 사람에게 감사해야지."

매는 무언가를 전하려는 듯 몸을 바동거리면서 날갯짓을 연거푸 해 댔다. 그때마다 질러 대는 소리는 너무 높아서 귀가 아플 정도였다.

하지만 사내는 재주 좋게 맞장구를 쳐 댔다.

매는 진짜 사람 말을 알아듣기라도 한 것처럼 부리를 꾹 다물고 고개를 옆으로 돌렸다. 범일과 눈이 마주쳤다.

범일은 흠칫 놀랐다. 그러다 살짝 미소를 지어 주었다.

끼이이익!

매는 길게 울음을 토하더니 다시 한 번 힘차게 날갯짓을 하기 시작했다. 녀석의 몸이 허공으로 둥실 떠오르더니 눈 깜짝할 사이에 하늘 위로 올라가 버렸다.

치료를 한 지 얼마 되지 않았을 텐데도, 매는 금세 하늘 밖으로 사라지고 없었다.

"저 아이가 자네에게 고맙다더군. 하하! 그래 놓고서는 휑하니 날아간 것을 보니 보기보다 부끄러움이 많은 모양이야."

사내는 가볍게 미소를 흘리면서 자리에서 일어났다. 그는 엉덩이에 묻은 흙을 가볍게 털고 가던 길을 마저 가려 했다.

범일도 따라서 일어나다가 즉시 그를 붙잡았다.

"저, 저기……!"

"음? 아직 볼일이라도 남았는가?"

"성함을 여쭈어도 되겠습니까? 매를 상대하는 모습이 너무나 대단하셔서……."

방갓 아래로 슬쩍 드러난 눈이 살짝 놀란 눈치가 되었

다. 뜻밖이었던 모양이었다.

그러다 사내는 오른손으로 방갓을 더 깊게 눌러썼다.

유일하게 밖으로 드러난 입가는 빙긋 미소를 지었다.

"내게 이름 따윈 없다네."

"예? 그게 무슨……!"

"세상 사람들은 나를 이름으로 불러 주지 않지. 그러니 이름이 없는 것과 뭐가 다르겠나? 그저 방금 전 그 매와 같은 신세면 족한 것을."

사내는 쓴웃음을 짓다가 천천히 몸을 돌렸다.

범일은 더 이상 그를 붙잡지 못했다.

저만치 사라지는 사내의 등이 너무나 쓸쓸해 보여 잡을 엄두가 나지 않았다. 마치 이 세상에서 곧 조용히 사라질 허상처럼 보인다.

그렇게 범일은 한참이나 멀거니 서 있다가 뒤늦게 한 가지 사실을 깨달았다.

사내가 두르고 있던 전포.

그것에는 풀숲을 헤치는 범이 그려져 있었다.

이 강호에서 그런 전포를 할 수 있는 사람은 단 한 사람밖에는 없다.

"중천대호(中天大虎) 문인산(聞人山)……."

무신의 대제자이자, 대호궁의 주인밖에는.

"이 삭막하기 만한 곳에서 아직 그래도 사람다운 사람도 남아 있구나."

문인산은 기분 좋게 웃으며 대호궁으로 들어섰다.

그를 알아본 숙위무사들의 경례를 받으며 길게 난 길을 천천히 걷는다. 오른손으로 방갓의 끈을 풀고 왼손으로 몸을 감았던 전포를 헤쳤다.

방금 전까지만 해도 쓸쓸한 미소만이 감돌았던 미소는 어느덧 즐거운 미소로 가득했다.

미소는 갈수록 더욱 짙어졌다.

길가의 양끝에는 화단이 길게 심어져 온갖 기화요초들이 살랑살랑 바람에 흔들린다.

꽃향기가 물씬 풍기면서 코끝을 찌른다.

전부 문인산이 오랜 시간 동안 정성을 들여 가꾼 꽃들이다.

대호궁의 화원은 이미 무신련 내에서도 정평이 나 있는 바.

몇몇 명숙들은 개인적으로 화원을 구경하면 안 되겠냐고 부탁을 할 정도였다.

문인산은 권력 구도나 정쟁에 대해 별반 관심을 크게 가지지 않았다.

대신에 홀로 독서를 하거나, 사색을 즐기거나, 화원을 가꾸거나, 친분 있는 지인들을 만나 차라도 한 잔 나누면서 담소를 나누었다.

덕분에 사람들은 간혹 그를 일컬어 '풀숲에 웅크린 범'이라고 하거나, '산속에서 나오려 하지 않는 선비'라고 자주 칭했다.

문인산, 그로서도 그런 것이 좋았다.

머리 아픈 일 따위 신경 쓰기도 싫었고 권력에 대해서는 관심도 없었다.

하지만 세상 일이 그에게 유리하게 돌아가지는 않는 법이다.

무신의 대제자라는 직함은, 그가 무엇을 한들 꼬리표처럼 따라붙어 그를 정쟁의 소용돌이 한가운데로 밀어 넣었다.

툭!

걸음이 멈추고 미소가 옅어진다.

길목 한가운데를 가로막는 이가 있었다.

표독스러운 눈매. 앙칼진 눈빛. 고고한 태도와 살짝 찌푸린 눈살이 문인산에게로 향한다.

"부인, 어인 일로 이런 곳까지 나와 계신 것이오? 혹 나를 마중 나와 주신 것이오?"

문인산이 사람 좋은 미소를 흘린다.

반면에 대호궁의 안주인, 하후영영(夏候盈盈)의 표독스러운 눈빛은 더욱 날카로워졌다.

"마중이요? 당연하지요. 못난 지아비를 채근하려면 안주인이 발 벗고 나서야 하지 않겠어요?"

하후영영. 하후도가의 여식이기도 한 그녀는 혼인 전부터 앙칼진 성격과 독한 손속으로 많은 남정네들의 혀를 내두르게 만든 여장부였다.

그런 그녀의 입장에서 매번 세월아 네월아 하며 대권에는 관심도 두지 않는 남편이란 늘 못마땅한 존재일 수밖에 없었다.

"허허! 또 무슨 일로 우리 아리따운 부인의 옥 같은 얼굴에 주름을 새기게 한 것인지 여쭈어도 되겠소?"

문인산은 여전히 허허롭기만 했다.

그것이 하후영영의 마음에 짚여진 불길을 더욱 부채질했다.

"정말 모르시는 건가요? 어째서 또 아버지의 면담을 거절하신 거죠?"

"아, 그 일 말이오? 그렇지 않아도 요 근래 련이 꽤 떠들썩해지지 않았소? 해서 괜히 장인어른을 뵈었다가는 주변의 입방아에 오르내릴 수도 있고, 또 대공자로서 해야 할 일이 많아서 말이오. 그 때문에 정신이 너무 없다오. 부인이 이해해 주시구려."

"업무 중에 몰래 빠져나가 제갈가주의 잘린 목에다 위령을 해 주고, 한낱 매를 치료해 줄 시간은 되시면서 아버지와는 간단하게 대화를 나눌 여유조차 없으시다, 이 말씀이시지요?"

"당신……!"

문인산의 표정이 살짝 굳어졌다.

하지만 하후영영은 전혀 거리낄 것이 없다는 태도였다.

"그래요. 당신에게 사람을 붙였어요. 뭐가 잘못되었나요? 대호궁의 모든 것이 당신의 것이자 내 것인데? 하지만 잊지 마세요. 저는 당신의 아내이기도 하면서 하후도가의 사람이기도 하다는 사실을요. 그건 당신도 다르지 않아요."

하후영영은 그 말만 남기고 훅 사라져 버렸다.

문인산은 쓰게 웃으며 혀를 가볍게 찼다.

"거 사람 성격하고는……."

그러다 짓궂게 웃으며 옆을 슬쩍 돌아보았다.

"무영(無影), 자네인가?"

『……죄송합니다.』

옆쪽 공간이 살짝 흔들린다. 언제나 암중에서 그를 보호해 주는 호위무사다.

"괜찮네. 아마 안사람이 자네를 들들 볶았겠지. 내 대신 고생이 많았겠네그려."

문인산은 무영을 도리어 두둔해 주고는 몸을 슬쩍 돌렸다.

어제 마저 하지 못했던 꽃을 가꾸려는 것이다.

『하후가주께 따로 전갈을 넣을까요?』

문인산은 자세를 쪼그리다 말고 잠시 고개를 들어 하늘을 쳐다보았다.

방금 전 매가 날아갔던 방향이다.

"매를 보지 않았나?"

『무슨 뜻이십니까?』

무영은 주인의 말뜻을 이해하지 못했다.

"그냥 놔두란 뜻이네. 어차피 곧 모두 잃으실 테니."

第六章

꽃의 향기

하후도가의 가주, 하후충은 인상을 찡그렸다.

"사위께서는 이전과 똑같으시다고?"

"예. 아버지."

"멍청한 년. 그런 것도 똑바로 못 해?"

"……."

하후영영이 무겁게 고개를 숙인다.

딸을 바라보는 하후충의 눈가에는 오로지 경멸만이 담겨 있었다.

하후영영은 아랫입술을 깨물었다.

자신이 왜 이런 취급을 받아야 한단 말인가!

사대 가문 중 제일을 꿈꾸던, 제이의 무신을 꿈꾸던 아버지로 인해 팔리듯이 하게 된 혼인이다. 자신의 의사 따윈 전혀 불필요했던 정략혼이었다.

그래서 하후영영은 늘 문인산을 밀어붙였다.

텅 비어 버린 자신의 마음 한 구석을 채워 주기를 바라면서.

바로 권력으로!

하지만 문인산은 보라는 듯이 그녀의 말 따윈 웃음으로 넘겼다. 속세와는 전혀 달관한 수도승이라도 된 것처럼 천하태평한 모습만 보였다.

당연히 딸을 통해 사위를 발판 삼아 하늘로 오르려는 아버지 하후충이 봤을 때 딸은 무능력한 밥버러지로밖에 비치지 않았다.

제멋대로 굴기만 하는 남편과 아버지.

두 남자 사이에서 하후영영은 힘없이 흔들리는 허수아비에 지나지 않았다. 여장부라 불린다 한들 그녀가 직접 자신의 손으로 할 수 있는 건 아무것도 없었다.

"이공자의 움직임이 심상치 않다는 것을 누구보다 잘 알 것이면서도 계속 그런 태도라니…… 정말 이대로 용이 휘두른 손톱에 찢겨 버릴 생각이신가?"

북궁검가가 몰락하고 제갈선가가 위축된 이때.

마치 기다렸다는 듯이 영호권가가 움직이기 시작했다.

하후도가는 거기서 피 냄새를 맡았다.

아주 짙은 피 냄새를!

아직 겉으로 드러나지 않았으나, 영호휘는 이번 혼란을 틈타 어떤 일을 획책하려 들고 있었다.

이대로 영호휘가 마음만 먹는다면 하후도가는 단숨에 찍혀 버린다. 거대한 용이 휘두르는 발톱에 짓눌려 압사할 수 있었다. 이미 그들은 실 끊어진 연 신세였다.

잠들어 있는 범도 하후도가와 꼴은 다르지 않았다.

범이 일어나면 모를 것이나, 언제나 자신의 집에서 웅크려 앉아 있으니. 이미 용오름을 타고 하늘로 오르려는 용을 어떻게 잡을 것인가.

하후영영과 마찬가지로 하후충도 속이 바짝 타들어 가는 중이었다.

이대로 가문의 몰락을 초래할 수는 없었다.

하후충은 이미 막다른 골목에 섰다.

"끝까지 그렇게 나오시겠다면 나도 달리 생각할 수밖에!"

삐—익!

때마침 하늘 위로 매 한 마리가 스치고 있었다.

거룡궁의 지하에는 영호휘를 비롯해 그의 측근 몇몇에
게만 허락된 연무장이 있다.

평소에는 많은 무사들로 북적거린다.

하지만 오늘은 천룡위군이 동정호에 나가고, 거룡궁에
주둔하고 있던 영호권가 무사들이 대거 공력의 공백을 메
우기 위해 움직이는 중이라 한산했다.

연무장에 선 것은 오로지 무성 뿐.

영호휘에게 몸을 풀고 싶다 하니 무혈무회가 있을 때까
지는 있으라며 입장을 허락해 주었다.

문가 벽면에는 병기들이 걸려 있었다.

종류도 모양도 다른 갖가지 수십 개의 병기.

연습용이라고 하지만 하나하나가 신병이기라고 해도 될
만큼 빼어난 날을 자랑한다. 어느 무인이든지 애병(愛兵)으
로 삼고 싶어 할 만큼 대단한 병기들이었다.

이런 것을 아무렇지 않게 수련용으로 삼는다니.

'수하들에게는 어느 누구보다 뛰어난 주인이자 존경할
만한 그릇이라고 했던가?'

불현듯 무성은 이런 사소한 것에서도 영호휘가 가진 그
릇이 얼마나 넓은지를 직감할 수 있었다.

무성은 눈에 들어오는 검을 잡았다.

검폭이 좁고 검신은 긴 직검(直劍)이다.

그는 본래 이법의 사용으로 그다지 무기에 대해 구애를 받지는 않는 편이었다.

무성이 워낙에 무기를 험하게 다루는 데다가, 신속이라도 사용할라치면 무기가 순간적이고 폭발적인 힘을 버티지 못하고 부서지기 일쑤였기 때문이었다.

그래서 미련을 가지지 않고 그때그때마다 필요에 의해 적에게서 빼앗아 사용하곤 했었는데.

한데, 유독 이 녀석은 눈에 확 들어왔다.

무성은 검병을 꽉 쥐고서 천천히 기수식을 취했다.

도효십이살의 기수식, 효명식(曉鳴式).

효명, '새벽이 운다'는 뜻만큼이나 이 기수식이 가진 힘은 지대하다. 쾌속을 자랑하는 도효의 열두 개 초식 어디로도 뻗어나갈 수 있는 중심점이었다.

동시에 발을 세게 내디뎠다.

쉭! 쉭! 쉭!

무성은 매영보를 전개, 육전검에서 도효로 이어지는 초식을 전개했다.

검이 얼마나 빠르고 날카로운지 검풍이 일 때마다 오 장 이상 떨어진 벽면에는 마치 짐승이 손톱으로 할퀸 것처럼 기다란 흔적이 남았다.

얼마나 날뛰었는지 옷이 금세 땀으로 푹 젖었다.

하지만 무성은 움직이기를 멈추지 않았다.

이렇게라도 해야 머릿속을 가득 메운 잡념들을 잠시나마 잊을 수 있었다.

그러나 뇌리 한편에 웅크리고 있던 잡념의 씨앗은 점차 싹을 틔우다 무럭무럭 자라나 뇌리를 가득 메웠다.

'거사께서는 잘 하고 계실까?'

방소소의 아버지가 꼴 보기 싫다며 난리를 피워 대던 모습은 이해가 되면서도, 한편으로는 자신이 얼마나 행복에 겨워 있는지 모르는 그녀에 대한 질시를 느끼게 했다.

그가 맨 처음 강호에 발을 들이게 된 이유가 무엇이었던가.

하나뿐이었던 누이 때문이었다.

하물며 누이 다음으로 그에게 가장 큰 마음을 주었던 한유원까지 눈을 감았을 때에는, 자신에게 소중한 존재는 모두 목숨을 잃고 마는가 하는 불안감까지 들게 만들었다.

혹여나 귀병가까지 잃을지 모른다는 막연한 불안감.

"⋯⋯무성아."

무성은 호흡을 고르다 말고 자신을 부르는 소리에 고개를 뒤로 돌렸다.

유화가 안으로 함부로 들어오지 못하고 문가에 가만히 서서 안타까운 눈빛으로 그를 바라보고 있었다.

"들어와."

무성은 검을 아래로 내렸다. 얼굴을 가득 덮은 땀내가 코끝을 찔렀다.

"여긴 어떻게 왔어?"

"무사들한테 물으니까 네가 여기로 갔을 거라고 해서……."

유화는 쭈뼛대는 발걸음으로 연무장 안으로 들어왔다.

마치 호랑이 굴에라도 들어오는 것처럼.

벽면을 따라 길게 이어진 병장기들과 곳곳에 남아 있는 날카로운 흔적들, 그리고 무인들이 흘렸을 기운들이 공기 중에 남아 분위기를 무겁게 만들었다.

"거사님은? 그냥 내버려 두면 안 좋을 텐데."

"계속 설득 중이셔. 방 언니가 좀처럼 쉽게 마음을 안 열지만. 그래도 시간이 두 사람 사이에 생긴 골을 메워 줄 거라고 생각해."

유화는 사람들과 쉽게 친해지는 경향이 있었다.

아무래도 그사이 방소소와도 어느 정도 친분을 나눈 모양이었다.

"그런데 넌 괜찮아?"

"나?"

무성은 검지로 자신을 가리켰다.

유화는 침중한 얼굴로 고개를 끄덕였다.

"응……."

'유화에게는 내 생각이 전부 읽혔던 건가?'

무성은 저도 모르게 쓰게 웃고 말았다.

유화는 잔뜩 긴장했다.

"내가 혹시 너무 오지랖이 넓은 걸까?"

"아니야. 고마워. 이렇게까지 신경 써 줘서. 그리고 미안해. 자꾸 널 힘들게 하네."

무성은 씁쓸했다.

유화를 힘들게 하지 말아야지, 말아야지, 말로만 자꾸 되뇌고만 있을 뿐. 자꾸만 심려를 끼치게 만드는 것은 바로 자신이었다.

하지만 반대로 그래서 그녀의 존재가 너무 고마웠다.

잔뜩 얼어붙은 가슴. 쉽게 열리지 않을 만큼 닫힌 마음속을 털어 낼 수 있는 상대는 바로 그녀밖에 없었다.

"질투했던 거, 보였지?"

"……응."

"난 어쩌면 여태 거사님을 통해 누나를 투영한 건지도 몰라. 누나도 끝까지 내 생각밖에 하지 않았으니까."

"그래서 거사님의 마음을 못 알아준 방 언니가 미웠던 거지?"

무성은 말없이 고개를 끄덕였다.

유화는 따스하게 웃었다.

"그래도 방 언니도 이해해 줘야 한다고 생각해. 성아, 네가 말했잖아? 거사님을 믿어야 한다고. 그분의 마음이 진실한 이상, 언젠간 방 언니의 마음도 열릴 거라고."

"알아. 그건 나 역시 생각이 다르진 않아. 하지만……어려워. 그러기가 쉽지 않아. 모르겠어. 아직은."

무성은 걱정 말라는 듯이 가만히 웃었다.

"그래도 금방 마음 정리할 거야. 걱정 마."

하지만 유화의 슬픈 얼굴은 마음 한구석에 깊게 자리 잡아 퀭한 공허함을 남겼다.

무성은 연무장을 나서며 무작정 길을 걸었다.

북궁검가와 제갈선가의 몰락으로 무신련이 많이 혼란스러운 이때, 신분을 짐작하기 힘든 수상쩍은 작자가 돌아다닌다면 문제가 될 소지가 다분했다.

다만 무성이 입고 있는 옷은 거룡궁을 상징하는 무복이었다.

등에 여의주를 문 용이 새겨져 있다. 거기다 영호휘의

최측근을 의미하는 황색을 띠고 있어 어느 누구의 제지도 받지 않았다.

더불어 얼굴은 천변만화공으로 다시 생김새를 바꿔 최대한 평범한 인상으로 변했다. 누구 하나 그에게 관심을 가지지 않았다.

저녁에 중요한 거사를 눈앞에 앞둔 지금, 머릿속을 정리할 필요가 있었다.

'마음을 다잡자. 이미 여기까지 온 걸음이다. 고지가 눈앞에 얼마 남지 않은 이때에 흔들려서는 안 돼. 누이와 숙부도 그걸 원하지 않을 거야.'

무성이 머릿속을 정리하는 그때였다.

"이런! 이리 누추한 곳에 웬 손님이 오셨구만."

무성은 저도 모르게 번뜩 정신을 차리고 주변을 둘러보았다.

바람에 하늘하늘 흔들리는 꽃들.

거기서 풍기는 향기가 코끝을 감미롭게 희롱한다.

그 위로 화단을 가꾸던 사내가 눈에 들어왔다.

굵직한 선이 남성미를 물씬 풍긴다. 하지만 편하기 위해 입고 있는 삼베옷과 서글서글한 인상이 전체적으로 부드러운 분위기를 만들었다.

무성은 그제야 자신의 실수를 깨달았다.

딴생각에 팔려 있다 보니 다른 사람의 사유지에 들어온 모양이었다.

"죄송합니다. 금방 나가겠습니다."

포권을 취하며 부랴부랴 자리를 뜨려는데, 사내가 그를 붙잡았다.

"아니네. 보아하니 사색을 하느라 길을 잘못 들어온 것 같은데. 그렇지 않아도 심심하던 차였으니 이리로 와서 내 말 상대나 좀 해 줄 수 있겠나?"

무성은 아주 잠깐 갈등했다.

수많은 사람들로 득실거리는 무신련 내에 개인적인 사유지를 가지고, 시끄러운 이맘때 마음 편하게 화단까지 가꾸는 자다.

필시 무신련 내에 상당한 기반을 가진 권력자일 터.

어쩌면 저녁에 있을 무혈무회에 참여할 사람인지도 모르겠다.

최대한 다른 사람과의 접촉은 피해야 했다.

그래서 거절하려 했다.

하지만 곧 이어지는 사내의 말이 무성의 생각을 그치게 만들었다.

"보다시피 나도 꽤 머릿속이 복잡해 이렇게 꽃을 가꾸고 있었다네. 이 녀석들을 보고 있으면 좀 개운해지거든.

어떤가? 자네도 어디 한번 해 보지 않겠나? 부담 가지지 않아도 좋아."

사내가 부드럽게 미소를 짓는다.

화원을 아름답게 비추는 햇살 같이 따스하다.

무성은 거기서 어느 사람의 그림자를 읽었다.

'숙부님⋯⋯.'

한유원의 얼굴이 왜 갑자기 떠오른 건지는 모르겠다.

전혀 닮은 구석 하나 없는 사람인데.

그저 따스하기만 한 미소가 마음에 걸린 것일까, 아니면 누이와 숙부를 생각하던 중에 숙부와 비슷한 연령대의 사내를 우연히 만나 떠오른 것일까.

하지만 아주 잠깐 보게 된 환상이 무성의 마음을 잡아당겼다.

"⋯⋯실례하겠습니다."

무성은 고개를 숙이며 천천히 화단 쪽으로 다가갔다.

덕분에 그는 보지 못했다.

자신이 들어선 화원 바깥쪽에는 웅크린 범이 그려진 깃발이 곳곳에 걸려 있었단 것을.

이곳은 바로 대호궁이었다.

『주군, 저자는 거룡궁의 사람입니다. 한데, 어찌⋯⋯!』

무영의 다급한 전음이 문인산의 귓가를 때렸다.

하지만 문인산은 부드럽게 웃었다.

『왜 그리 호들갑인가? 간만에 이곳을 찾아온 손님이신데.』

예전에는 이 화원에도 참 많은 사람들이 찾아왔었다.

무신의 칩거 이후, 이제 강북은 문인산의 것이 될 거라 믿었던 자들로.

그 사람들은 꽃의 향기를 맡을 줄 몰랐다.

오로지 문인산이 가진 권력의 향기에 취해 코가 마비되고 눈이 가려진 자들이었다. 귀가 닫혀 듣기를 거부했던 자들이었다.

그래도 문인산은 그들을 내쫓지 않았다.

꽃의 향기가 언제고 그들의 코를, 눈을, 귀를 활짝 트이게 해 줄 것이라 믿었다. 욕심이 아니라 진정 마음으로 꽃이 가진 아름다움을 보게 될 것이라 믿었다.

하지만 그들은 그렇지 않았다.

문인산에게서 권력의 향기가 더 이상 느껴지지 않자 미련 없이 등을 돌렸다.

여유롭게 꽃의 향기를 맡고 싶은 마음 따윈 추호도 없었던 것이다.

그 후로 대호궁이 자랑하는 이곳 화원은 오로지 문인산

만이 찾는 휑한 곳이 되어 버렸다.

이렇게나 정성스레 가꾼 꽃들이 가득한데. 이토록 아름
답고 향긋한 향기를 풍기고 있는데.

어찌 이들이 가진 진정한 모습을, 그 아름다움을 보지
도, 듣지도, 맡지도 못하는 것일까?

『하지만 주군……!』

『아마 정말 우연히 찾아온 것일 걸세. 염탐하러 온 것이
라면 저렇게 당당하게 거룡궁의 옷을 입지 않았을 테지.
어디 한번 지켜보는 것도 나쁘지 않잖나?』

문인산이 살짝 미소를 지었다.

'향기를 맡을 수 있는지도 궁금하고.'

무성은 사내, 문인산 옆에 나란히 섰다.

'좌측 나무 위. 나를 노려보고 있어. 공격할 마음은 없
는 것 같고. 단순한 경계인가?'

기척이 느껴지는 곳을 힐끔 쳐다보던 그는 곧 모른 척했
다.

이미 사내의 신분이 결코 얕지 않을 거란 걸 짐작했을
때부터 이 정도는 생각해 두었다. 이만한 요인 주변에 호
위무사가 없다는 것이 이상한 일이니.

그런데 이 사내, 가까이 다가갈수록 더 대단하다.

여유로움 속에 묵직한 위압감이 있다.

겉으로는 부드러움을 달고 있지만, 그 속에는 어느 누구도 헤아리지 못할 깊디깊은 심연이 있다.

너무나 무거워 쉽게 움직이지 않을 고요함.

정(靜)이다.

세상만사 수많은 변란이 벌어져도, 천지가 뒤집어질 정도로 요란한 폭풍우가 불어닥쳐도, 제자리에 가만히 앉아 그 존재감을 자랑할 정.

'반면에 영호휘는 동(動)이었지. 제아무리 흔들리지 않을 것 같은 정적이 내려앉아도 단순히 몸을 일으키는 것만으로도 비바람을 휘몰아치게 할 거대한 동. 녀석과는 정반대야.'

무성이 수없이 보아 왔던 사람들 중에 영호휘에 비견할 만한 사람은 아무도 없었다.

숙부 한유원도 그만한 존재감을 가지지 못했다. 북궁민도 그에 비교하자면 태양 앞에 놓인 반딧불에 지나지 않았다. 제갈문경도 크게 다르진 않았다.

그런데 영호휘에 비견할 만한 자라니.

'아니, 어쩌면 그 이상일지도……'

무성은 눈을 가느다랗게 좁혔다.

'혹시 이자가 무신이 아닐까?'

그러다 고개를 가로저었다.

무신이 머무는 무신궁은 아주 깊숙한 곳에 있다.

무성이 제아무리 길을 잃었다고 해도 무신궁에 접근하기도 전에 다른 어느 누군가에게 제지당했을 것이다.

무성은 사내의 정체라 할 만한 후보군을 몇 명 꼽았지만, 곧 머릿속에서 지워 버렸다.

'이 사람이 누군들 어떨까? 어차피 나는 지금 꽃을 보면 그만인데. 정말 다시 보게 될 사람이라면 저녁 무혈무회 때 알게 되겠지.'

무성은 자세를 수그리며 꽃을 가만히 쓰다듬었다.

하늘하늘 흔들리는 꽃들이 보였다.

입가에 저도 모르게 웃음꽃이 피었다.

"꽃이 예쁘군요."

순간, 사내의 몸이 움찔 떨렸다.

무성의 눈가에 의문이 어렸다.

"왜 그러십니까?"

아주 잠시간 사내, 문인산은 무성을 말없이 가만히 바라보았다.

어딘가 감격과 기쁨에 겨워하는 듯한 모습이다.

무성이 왜 그러나 싶어 재차 물으려는데, 문인산의 입가에도 그와 똑같은 웃음꽃이 폈다.

"아니네. 그냥 이 꽃들이 예쁘다는 말을 들은 게 언젠지 기억이 나지 않아서 말일세."

무성은 고개를 갸웃거렸다.

"꽃을 보고 아름다움을 느끼지, 아니면 무엇을 느낀단 말씀이십니까?"

문인산이 쓰게 웃었다. 어딘가 너무 슬프게만 보였다.

"내 말이 그 말일세. 꽃을 보고 가만히 감상에 젖어도 부족한 판국에 대체 그 속에서 뭘 보고, 맡고, 들으려는 것인지. 그것을 모르겠단 말일세."

문인산은 고개를 절레절레 흔들었다.

무성은 굳이 거기에 대해서 묻지 않았다.

타인의 일에 대한, 그것도 처음 보는 이에 대한 무조건적인 접근은 좋지 않다고 여긴 탓이다.

다만, 그런 생각은 들었다.

'내가 고민이 있는 것처럼 이 사람도 나름대로의 걱정거리가 있나 보구나.'

아주 얕지만, 어찌 보면 두터운 동질감이 물씬 풍겼다.

그래서 무성은 그닥지 않게 마음을 조금 풀었다.

"어렸을 적에 저는 누이와 자주 꽃을 보곤 했습니다. 부모님이 계시지 않기 때문에 누이는 생계를 위해서 집에 있을 시간이 아주 적었지요. 그런데도 누이는 어린 저를 위해서 시간을 쪼개고 또 쪼개며 저와 같이 있어주곤 했습니다. 하지만 그럴 때는 보통 밤이라 갈 곳이 없어서 주로 꽃이 많이 핀 인근의 언덕을 찾았지요."

무성은 손바닥으로 꽃을 쓰다듬었다.

보라색으로 물든 꽃잎. 살짝 허리를 숙이고 있어 제대로 올려서 보지 않으면 어떻게 생겼는지, 또 얼마나 예쁜지 모를 그런 꽃이었다.

손끝이 간지러웠다.

마치 누이가 정성스레 자신의 손을 잡아주었던 것처럼.

"처음에 저는 꽃을 좋아하지 않았습니다. 계집아이도 아니고 남자가 되어서 어떻게 꽃이나 꺾으며 있냐고 툴툴댔었지요. 그럼 누이는 늘 웃으면서 이렇게 말했습니다. '누가 좋아하고 안 하고를 떠나서 꽃, 그 자체를 한 번 보렴' 이라고."

"꽃, 그 자체를 보라?"

문인산이 흥미롭다는 듯이 고개를 갸웃거렸다.

무성은 가만히 고개를 끄덕였다.

무의식중에 대답을 했을 뿐. 이미 그는 문인산이 아닌, 자신이 쥐고 있는 이름 모를 보라색 꽃을 보고 있었다.

"꽃은 그 자체로 아름다우니 그냥 보아라. 향기를 억지로 맡을 필요도 없고, 이게 왜 예쁜지를 알지 않아도 된다. 꽃이 가진 꽃말이나 전설 따위를 몰라도 된다. 그냥 아름다운 걸 보는 걸로도 족하지 않느냐, 뭐 이런 뜻이었지요."

"호오. 참으로 대단하신 누이로구만."

문인산은 작게 감탄을 터뜨렸다. 두 눈이 호의로 반짝인다.

무성은 간만에 꺼낸 누이에 대한 사연을 기분 좋게 들어주자 자신도 덩달아 들떴다.

"공께서 말씀하신 사람들이 어떤 사람들인지는 모르겠습니다. 다만, 제 짧은 소견으로는 그들이 꽃의 아름다움을 보지 못한 이유는 그런 것을 간과했기 때문이 아닐까 싶습니다."

"옳은 말씀일세."

문인산은 넋두리를 늘여 놓았다.

"정말 옛날에는 안 그랬다네. 다들 꿈이 있었고, 뜻이 있었으며, 소원이 있었지. 다들 품은 바가 있기에 순수했고 또한 그만큼 달릴 수 있었어. 그래서 지금의 자리에 오른 것인데…… 오늘날에는 왜들 그리도 변한 것인지."

"……"

"사람이 바뀐 건지, 시대가 바뀐 건지, 세상이 바뀐 건지. 아니면 전부 다 바뀐 건지……."

문인산은 씁쓸하게 웃었다.

"자네 말대로 시대가, 세상이, 아니면 그 모든 것들이 그들이 가졌던 순수한 이상을 가린 것일지도 모르겠구만. 참으로 좋은 말, 감사하네."

무성은 겸연쩍은 듯이 검지로 볼을 긁었다.

"주제넘게 혼자서 주절댄 게 아닌가 싶을 따름입니다."

하지만 무성은 말과 달리 기분이 탁 트였다.

끈적끈적한 무언가가 기도에 걸려 답답했었건만.

지금은 그 무언가를 토해 낸 것처럼 속이 다 시원했다.

이렇게 이야기를 길게 늘여 놓는 동안 생각이 정리된 것이다.

단순히 방소소에 대한 시기로 시작했던 것이, 누이와 한유원에 대한 그리움을 양분 삼아 커지고, 미래에 대한 불안감을 열매로 맺었다.

그래서 억지로 지워 버리고자 했던 것인데…….

하지만 이것은 그럴수록 도리어 마음속에 짙은 화인으로 깊게 눌러 붙었다. 망령처럼 정신에 틀어박혀 서서히 갉아먹으며 더 커지기만 할 저주였다.

처음부터 털 수 있는 것이 아니었다.

맞서 싸워야 하는 것이었다.

'아무런 생각도 없이 이야기를 나누는 동안에, 누이에

대해서 생각하는 동안에 떠오르다니. 나도 참 못 말리는구나. 대체 얼마나 누이에게 폐를 끼치는 건지.'

이래서야 누이가 쉽게 잠들지 못하고 저쪽에서 걱정 가득한 눈길로만 볼 것 같지 않은가.

어쩌면 이 역시 누이가 바로 옆에서 속삭이는 것을, 자신이 무의식중에 받아들여 내뱉은 것인지도 모른다.

덕분에 먹구름이 걷히는 것처럼 머릿속이 조금씩 개운해졌다.

"혹 누이께서 꽃에 대해 다른 말씀은 하지 않으셨나?"

문인산은 호기심 가득한 얼굴을 가까이 붙였다.

무성은 가슴속 한편에 묻어 놨다가 기억 속에서 거의 잊었던 대화를 겨우 끄집어낼 수 있었다.

"'아름다움을 느꼈다면 꺾지 마렴. 느낌은 그 느낌대로 좋으니 억지로 가지려 하지 마. 꺾는 순간 꽃은 처음 가졌던 아름다움을 잃고 시름시름 앓게 된단다.'"

"호오!"

문인산은 눈을 반짝거리며 감탄을 터뜨렸다.

그건 무성 역시 마찬가지였다.

떠오르는 대로 떠든 것인데, 그 말이 짙게 남아 먹구름을 완전히 물리쳐 주었다.

'아름다움을 느꼈다면 억지로 꺾지 마라……'

그가 가졌던 시기, 질투, 불안, 염려, 걱정.

그 모든 것을 꽃으로 여긴다면?

단순히 보고만 있다면 어떨까.

억지로 꺾으려 들지도, 없애려 들지도, 잊으려 들지도 않는다면 어떨까.

그것이 가진 아름다움을 본다면. 결코 아름답진 않지만 거기서 아름다움을 찾을 수만 있다면.

바로 그때, 문인산의 눈가가 호선을 그렸다.

"그 자체를 즐기면 된다는 뜻이로군. 확실히 꽃은 그 자리 그대로 있을 때가 가장 아름다운 법이니."

"예."

"이거 아무래도 내가 오늘 꽃을 같이 즐길 동지를 제대로 찾았나보군. 참으로 좋은 것을 배우고 있어. 꽃을 가꾸기를 좋아하면서도 아주 단순한 사실을 여태 망각하고 있었으니 말일세."

"과분한 칭찬이십니다."

"하면 부족하나마 나 역시 거기다 한 마디를 덧붙여도 되겠나? 이거 그대의 누이가 남겼던 좋은 말에 내가 먹물을 튀기는 게 아닐까 싶네만. 다만, 자네도 고민이 많이 보여서 조금이나마 도움이 되었으면 해서 말일세. 나만 도움을 받으면 미안하지 않은가?"

말투와 미소, 눈빛 모두가 따스하다.

짙은 호의가 물씬 풍긴다.

이 순간, 무성은 정말 자신이 한유원을 대하는 것이 아닌가 하는 착각에 빠졌다.

누이가 옆에서 심란한 마음을 달래 주고, 숙부가 앞에서 길을 제시한다.

비뚤어지지 않도록. 올바른 길을 갈 수 있도록.

가슴 한편에서부터 따스한 무언가가 올라와 벅차게 만들더니 목을 타고 눈가에 맺힌다.

눈물이 살짝 핑 하고 돌았다.

"조언 부탁드리겠습니다."

무성은 포권을 취하며 고개를 숙였다. 어쩐지 눈가에 맺힌 눈물을 보이기기 부끄러웠다.

"조언이라 할 것이 있겠나 싶지만, 몇 마디를 덧붙이자면."

문인산이 작게 호흡을 고르더니 길게 늘여 놓았다.

"아름다움을 맘껏 즐겼다면 그 후에는 한번 향기를 맡아보게. 꽃은 가지각색 다양한 향을 품고 있다네. 상쾌하고 향긋한 것이 있나 싶으면, 악취를 풍기는 것도 있고, 아예 향이 없는 것도 있지. 하지만 그것이 어떤 것이건 간에 향기를 맡고 나면 눈으로 보지 못했던 새로운 아름다움이 보이게 된다네."

"……!"

무성은 갑자기 숨이 턱 하고 막히는 것 같았다.

'향기를…… 맡아라?'

꽃이 가진 의미를 보라는 것일까.

아주 어렴풋하지만, 무언가가 잡히는 것 같다.

무성은 재차 고개를 숙였다.

이번에는 단순한 부끄러움이 아닌 정말 고마운 마음에서 발로한 인사였다.

"말씀, 감사합니다."

"이상한 말만 해 댄 것이 아닌가 싶어서 부끄럽네."

"아닙니다. 정말 좋은 말씀을 주셨습니다. 여태 갑갑하기만 했었는데 이제서야 길을 본 것 같습니다."

무성의 눈이 어느 때보다 큰 빛을 발했다.

"도움이 되었다면 다행이군. 하여간 오늘 정말 기분이 좋아. 이렇게 좋은 꽃 친구를 만나게 되었으니 말일세. 하하하!"

문인산은 기분 좋게 웃었다.

무성 역시 말없이 미소를 지어 보였다.

무성은 한참이나 더 자리에 남아 꽃을 구경하더니 천천

히 자리에서 일어났다.

시간이 너무 지나 어느덧 해가 넘어가고 있었다.

"이만 가 보겠습니다. 오늘 덕분에 즐거웠습니다."

"내가 할 소리를. 혹 다음에 또 올 수 있겠나?"

문인산의 말에 무성의 눈이 살짝 커졌다.

잠시 말문이 턱 하고 막혔다.

그냥 지나가는 말로 그러겠다고 대답할 수도 있었다.

하지만 지금은 그러기가 싫었다.

혼자만의 생각일지도 모르겠지만, 상대는 그가 말한 대로 '꽃 친구'다.

정말 간만에 만난, 마음이 통한 친구.

처음에는 한유원을 떠올리게 했지만, 그와는 조금 다른 의미로 무성에게 짙은 인상을 남겼다.

그런 그에게 선뜻 거짓말을 하고 싶지는 않았다.

'다음에 또 올 수 있을까?'

자신에게 남은 시간은 이제 얼마 되지 않는다.

이미 구르기 시작한 수레바퀴가 아주 빨라질 테니까.

어쩌면 그 수레바퀴에 눌릴지도 모른다.

하지만 다시 오고 싶었다.

"예. 기회가 된다면."

무성은 허리를 바짝 숙였다.

문인산은 고개를 끄덕였다.

"언제고 기다리겠네. 그때는 지금처럼 지겹고 따분한 이야기 말고, 기분 좋은 이야기나 나눠 봄세. 그때는 꽃도 더 예쁜 것들로 심어 놓지."

"알겠습니다."

무성은 가벼운 인사와 함께 대호궁을 떠났다.

문인산은 저만치 무성이 사라질 때까지 배웅을 멈추지 않았다.

스르륵!

무영이 뒤편에서 조용히 나타났다.

"기분 좋아 보이십니다."

"그래 보이나?"

"예."

무영은 고개를 끄덕였다.

그의 주인은 언제나 사람 좋은 미소를 짓고 있지만, 속은 늘 씁쓸한 미소를 짓고 있었다.

자신이 처한 상황과 입지와 환경으로 인해서.

속세를 떠나 아주 자그마한 마을에서 농사나 지어야 할 사람. 어디서나 쉽게 볼 수 있을 촌부가 어울리는 사람이었다. 대호궁의 주인이자 무신의 대제자인 문인산은.

절대 나쁜 의미는 아니었다.

그만큼 문인산은 욕심이 없는 사람이었다.

'난세가 아닌 치세였다면 성군이 되셨을 분.'

무영은 이 혼란스러운 시대가 원망스럽기만 했다.

문인산은 그런 수하의 마음을 아는지 모르는지 흐뭇한 미소를 멈추지 않았다.

"향(香)을 맡은 것이 아니라, 미(美)를 보는 아이라. 참으로 신기한 아이로구나. 만약 저 아이가 향도 맡게 된다면 어떻게 될지 궁금하구나."

그러다 아주 잠깐 슬픈 그림자가 눈가에 어렸다.

"하늘이 저 아이에게 허락된 시간을 조금 더 늘려 줄 수만 있다면 가능할 것인데……."

뒷말은 너무나 작아 무영도 듣지 못했다.

第七章

무혈무회(武血武會)

　무성은 다시 거룡궁으로 돌아왔다.

　길을 잃었지만 묵혈관법으로 저장된 무신련의 도면을 더듬어 보니 금세 길을 찾을 수 있었다.

　덕분에 크게 놀랐다.

　그제야 비로소 자신이 어디를 들렸는지를 깨달았다.

　'대호궁…….'

　더불어 자신이 만난 사람이 누군지까지도.

　'대공자 문인산. 승룡(昇龍)이 하늘 높은 줄 모르고 계속 오르기만 한다면, 반대로 와호(臥虎)는 세상이 바뀌는 줄도 모르고 가만히 잠만 잔다더니.'

승룡은 패도천룡 영호휘를, 와호는 중천대호 문인산을 가리킨다.

본래 문인산은 한적한 시골 마을에서 밭이나 갈던 어느 촌부의 자식이었다고 한다.

무공에도 세상에도 강호에도 전혀 관심이 없던 그저 평범한 아이.

하지만 무신이 세상 넓은 줄 모르고 강호를 쏘아 다닐 무렵에 그가 지닌 자질에 반해 제자로 들였다.

그 후에 무신이 제자를 들일 때에는, 무신련이라는 정치상 어쩔 수 없이 받아들인 경우가 대부분이었던 것을 감안한다면, 문인산은 진정한 의미에서 무신의 제자라 할 수 있었다.

다만, 사람들은 한낱 무지렁이 출신 주제에 무신의 제자라는 은총을 받게 된 문인산을 시기하고 폄하했다.

어쩌면 문인산이 권력에 대한 야욕이 없는 것도 모두 그 때문인지 모른다.

자신을 오로지 권력을 위한 도구로만 여긴 사람들에 대한 실망감 때문에. 거기다 평온한 아버지의 자질을 물려받아 모든 것을 버리려 하는 것인지도.

'하지만 범은 범이었어.'

무성은 아직도 잊지 못한다.

문인산이 풍기던 위세, 기품, 본질을.

그리고 그가 짓던 미소를.

꽃을 보며 즐거워하던 모습까지도.

그래서 미안했다.

어쩌면 그가 가지고자 했던 평화를 자신의 손으로 깨야 할지도 모르기에.

"언젠가 다시 같이 꽃을 볼 수 있기를."

무성은 아주 사소하지만 너무나 이루기 힘든 소원을 입에 조용히 담았다.

무성은 곧장 지하 연무장을 찾았다.

갑갑하던 마음은 이제 풀렸다.

아직 미진한 부분이 남아 있었지만, 그건 방효거사 부녀에 대한 것이었다.

그건 절대 지울 수 있는 게 아니었다.

질투가 없다면 누이와 숙부에 대한 그리움도 사라졌다는 뜻일 테니까.

반대로 두 사람이 서로 마음을 풀고 이야기를 나눴으면 한다는 것도 진심이었다.

'유화가 말한 대로 믿자. 거사님을. 거사님이 할 수 있는 일을 하시는 동안 나 역시 내가 할 수 있는 일을 하면

돼.'

무혈무회는 주익에게로 갈 수 있는 가장 빠른 길이니.

무성은 이전에 사용하던 검을 다시 쥐었다.

검병 너머로 묵직한 무게가 느껴졌다.

더불어 정체를 알 수 없는 느낌이 손을 넘어 팔을 타고 몸 전체로 퍼졌다. 짜릿한 무언가가 전신을 덮쳤다.

'뭐지?'

무성은 흔들리는 눈빛으로 검을 내려다보았다.

분명 오전에 수련을 했을 때는 사용하기 편하다는 느낌은 있었지만 이런 느낌은 없었는데.

지금은 마치 '나를 봐라!' 라며 자신의 존재감을 시위하는 것 같았다.

마치 검이 자신을 부르는 것 같다고 해야 할까.

이유는 모르겠다.

무겁기만 했던 마음을 홀가분하게 털어놨기 때문일까? 심정의 변화에 따라서 무위도 달라지는 법이니.

어쩌면 사소한 착각인지도 모른다.

하지만 나쁘진 않았다.

"좋아. 네가 가진 것을 한번 보여 봐라."

이 검은 승룡의 발톱이다.

그 발톱으로 녀석의 역린을 찍을 수 있다면.

무성의 눈이 다시금 귀화로 타올랐다.

'주익과 마찬가지로 영호휘도 같이 잡는다.'

귀화를 더욱 불태우며 호흡을 천천히 골랐다.

"후우……!"

곤호진기를 천천히 단전에서 끌어올렸다.

근육이 서서히 깨어난다. 그 속에서 조용히 잠들어 있던 갖가지 공능들이 활짝 열리며 육신을 완벽히 통솔하고, 나아가 영역을 확장해 정신을 물들인다.

바로 그때, 묵혈관법이 눈을 떴다.

웅, 웅, 웅—!

정신 한복판에서 작은 점으로 시작한 관법은 마치 뽀얀 화선지 위에 떨어진 먹물처럼 크게 번졌다.

이것은 무의식과 의식을 경계 짓던 심층 단면을 엷게 만들어 두 가지를 하나로 융화시켰다.

막혔던 백회가 뻥 뚫리면서 뇌문이 어느 때보다 활짝 열렸다.

정신 영역은 수십 배로 확장되었다.

뇌력의 증폭이다.

덕분에 아주 짧은 찰나의 순간에도 수십 가지 사고(私考)를 동시에 병행할 수 있을 만큼 뛰어난 혜지와 직관을 갖게 되었다.

순간, 무성을 따라 흐르는 시간이 조금씩 느려졌다.

그것은 신속과는 조금 달랐다.

신체의 잠재력을 순간적으로 폭발시켜 능력을 극한으로 끌어올리는 신속과 다르게 이것은 오로지 무성의 의지만으로 행하는 것이었다.

이를테면, 육체를 강제로 깨워 정신을 각성하는 것이 아니라, 정신을 키워 육체를 강화하는 것이랄까.

신속과는 접근 방식이 전혀 반대인 것이다.

당연히 그 열쇠는 바로 묵혈관법이었다.

'보인다!'

얇지만 벽면을 따라, 천장을 따라, 공간을 따라 드문드문 드러나는 선.

바로 결이었다.

비록 신속을 발휘했을 때 보던 것과 비교하자면 아주 얇고 희미하지만, 이렇게 생명력을 깎지 않고 자력으로 보게 되었다는 사실에 큰 의미가 있었다.

관법으로 확장된 정신은 무의식을 동화시키다 조금씩, 아주 조금씩 육신의 영역에도 닿았다. 곤호심법이 깨운 공능에 맞닿기 시작한 것이다.

공능이 전부 묵혈관법에 귀속되는 날, 곤호심법이 묵혈관법과 완전히 동화되는 날이야말로, 자력으로 결을 볼 수 있는 날이 될 것이다.

그때는 그토록 바라던 이법의 부작용을 극복할 수 있는 실제적인 방안도 마련할 수 있을 테지.

'제갈문경과의 싸움 때 얻었던 심득이 매우 컸어.'

신기수사의 목을 칠 때. 신속을 전개할 때 그는 봤다.

제갈문경과 다모각으로 연결된 심령을.

호풍선을 매개체로 한 심령은 보통 사람 눈에 보이지 않는 주술적인 붉은 실로 연결되어 있어, 제갈문경의 의지에 따라 갖가지 다양한 기환진을 부리게 된다.

이 심령은 곧 결과도 일맥상통한다.

그 사실을 알았을 때는 얼마나 충격이 크던지!

'나는 여태 결을 보고, 자르려는 데만 너무 집중했어. 하지만 제갈문경은 그것을 이용했지. 굳이 보려고 하지도 않았어. 쥘부채를 통해 섬세한 조절까지 가능했으니.'

무성은 바로 이 점에 착안했다.

심령은 결로, 호풍선은 묵혈관법으로 대체한다.

결을 억지로 보려 하지는 않았다.

지금은 수련. 어디까지나 몸을 쥐어짤 필요는 없는 것이다.

그런데 돌아갈수록 길이 보인다고 했던가.

마음을 조금씩 비우기 시작하니 새로운 길이 나타났다.

어렴풋하게나마 결이 보이기 시작한 것이다!

탁!

무성은 한 걸음을 강하게 내디뎠다.

얼마 전까지 무영화흔이나 매영보 따위로 분류되던 보법이다.

하지만 조금 다르기도 하다.

묵혈관법이라는 커다란 망 안에 서로 다른 보법과 신법이 들어오는 순간 그것은 서로 하나로 뒤섞여, 무영화흔이나 매영보이면서도 전혀 새로운 보법이 되었다.

무성에게 가장 잘 어울리는 보법이.

동시에 몸이 뒤틀리면서 검이 순간적으로 움직였다.

신속에 비교하자면 턱없이 부족한 속도다. 하지만 도효십이살이 지향하는 쾌속에 가장 가까이 다가가 있을 정도로 빠른 속도였다.

순간적인 가속에서 나온 폭발력과 위력은 검력에 한가득 실린다. 거기다 과거 육전검이었던 형태까지 더해져 회전력이 작용했다.

쿠르—룽!

"해냈어!"

무성은 검을 높이 든 자세 그래도 쾌재를 외쳤다.

자신이 내디딘 발치에서부터 지반을 따라 시작된 균열

은 벽을 타고 올라가 단숨에 천장까지 닿았다.

마치 황소가 쟁기를 끌고 밭 위를 지난 것 같이, 짙은 고랑이 아주 길고 크게 남았다.

여파 또한 얼마나 대단한지 고랑이를 따라 이어진 크고 작은 수십 개의 균열은 마치 거미줄처럼 얽혔고, 그 위로는 희뿌연 분진이 마구 일어났다.

더군다나 고랑에서는 짙은 탄내가 났다.

마치 불을 갖다 대고 태운 것처럼 고랑은 시커멨다.

분진 사이로는 자그마한 불똥이 여전히 튀었다.

붉은 불똥이 아닌 샛노란 불꽃이.

파직! 파지직!

무성의 신속을 아는 사람이 봤다면 크게 놀랐으리라.

여태 무성이 사용하던 것과는 전혀 다른 속성을 가진 일격이었으니. 샛노란 불꽃은 바로 뇌전이었다.

'뇌기(雷氣)! 뇌기를 얻었어!'

묵혈관법으로 한껏 증폭된 뇌력을 신경을 따라 끄집어내 구체적인 속성을 갖게 하는데 성공했다.

천지간에 존재하는 힘 중에서 가장 강하다는 힘.

천뢰.

이는 마뇌 유상이 죽기 전에 보였던 기술이었다.

북궁민을 시작으로 제갈문경을 넘어 유상까지. 그들이

닿았던 영역을 천천히 제 것으로 만든다.

그에게는 지금까지 싸웠던 모든 상대가 스승이었다.

'유상이 보였던 이법의 사용법에까지 닿는데 성공했어. 다음에는 영호휘다. 그가 터득한 방식도 따라잡을 수 있다면 모든 부작용을 풀어낼 수 있을 거야.'

무성은 주먹을 꽉 쥐었다.

이미 길은 보이기 시작했다.

어쩌면 영호휘를 넘어 자신만의 독자적인 영역을 구축할 수 있을지도 모르는 일이었다.

*　　*　　*

영호휘는 자신을 찾아온 뜻밖의 손님을 보고 슬쩍 미소를 지었다.

하지만 한편으로는 언젠가는 찾아올 자이기도 했다.

'생각했던 것보다 빠르긴 하지만.'

영호휘가 입을 열었다.

"하후가주께서 이런 누추한 곳까지 어인 발걸음으로 찾아오셨소?"

마치 예의를 담은 것 같지만 말투는 비꼬는 언사가 다분하다. 방식 역시 존대가 아닌 평대였다.

하후도가의 주인, 하후충의 눈썹이 꿈틀거렸다. 아들뻘
도 안 되는 사람에게 평대를 듣는 것이 화난 모양이다.

그러나 영호휘는 여유로웠다.

아쉬운 건 하후충이지, 자신은 아니었으니까.

아니나 다를까.

하후충은 이를 악물더니 고개를 숙였다.

"도와주시오, 영호가주."

영호휘의 눈빛이 이채를 띠었다.

'자존심이 강하기로는 사대 가문 중에서 최고라는 하후
가주가 내게 고개를 숙인다? 별일이 다 있군.'

하지만 그건 그만큼 하후충이 처한 상황이 막다른 골목
이라는 뜻이다.

음험하며 계산적이라는 그조차 이제는 사위인 문인산에
게서 미래를 보지 못했다는 뜻일 터.

영호휘는 손수 하후충의 상체를 똑바로 일으켰다.

여태 신랄한 모습을 지우고 진지한 자세로 임했다.

그는 자신에게 직접 찾아온 재사를 절대 내치지 않았다.
도리어 자신이 가진 모든 것을 내주는 한이 있더라도 상대
의 환심을 완전히 사고자 했다.

"아무래도 밤이 될 때까지 하후가주와 나 사이에 나눌
이야기가 많을 것 같구려."

한 시진 후, 달이 맺힌 밤이 찾아왔다.

영호휘는 오랜 대화를 끝내고 하후충을 거처로 돌려보냈다.

'음? 팔찌가 어디로 갔지? 방에다 두었나?'

영호휘는 습관적으로 손목을 쓰다듬다 말고 살짝 미간을 찌푸렸다.

평소 거치적대는 장신구를 싫어해서 잘 착용을 하지 않는 편이다. 그러다 이따금 기분이 내킬 때면 백금 팔찌 정도는 하고 다녔었는데, 오늘은 어찌 된 일인지 팔찌를 찾을 수가 없었다.

하지만 의아함은 오래가지 않았다.

홀연히 무성이 어둠을 가르며 뒤에서 나타났다. 타오르는 귀화가 그의 시야에 가득 맺히며 모든 의문을 뇌리 한쪽 구석으로 쫓아 버렸다.

"왜? 찌르지 그랬나? 언제 또 이런 기회가 찾아올지도 모르는데."

"어차피 통하지 않을 테니까."

"아쉽군. 그대를 제압할 수 있는 절호의 기회였는데."

입맛을 다신다. 그렇지만 미소를 짓고 있는 것이 그럴 줄 알았다는 눈빛을 폈다.

무성은 가만히 검을 앞으로 내밀었다.

"뭐냐, 그건?"

"연무장에 있던 검이야. 빌릴 수 있을까?"

"그깟 검 따위, 갖고 싶은 만큼 가져가라."

영호휘는 피식 웃음을 흘리더니 말을 이었다.

"그럼 이제 가지. 내게는 일 분 일 초가 아까우니까."

"그러지."

영호휘는 차갑게 웃었다.

"자, 그럼 옥좌를 찾으러 가 볼까?"

그렇게 하늘로 오르려는 용과 땅에 웅크린 범이 움직이기 시작했다.

*   *   *

신무대전(神武大殿).

무신궁이 무신련의 영혼이며, 다모각이 무신련의 뇌라면, 이곳은 무신련의 심장이다. 무신련이 관장하는 주요 정책들을 논의하고 결정한다.

통칭 '무혈(武血)'이라 통용되는 강북 무림의 고수와 명숙들은 사태가 벌어질 때마다 이곳으로 모여들었다.

북궁검가의 반란.

신기수사의 피살.

천룡위군의 붕괴.

하나만 하더라도 무신련을 흔들기에 충분한 사안이 단 며칠 사이에 진행되었다.

당연히 무혈들의 걸음도 바빠질 수밖에 없었다.

무혈들이 의논을 나누는 정천정(正天庭)으로 가는 길목으로 영호휘가 나타났다.

"흡!"

"헉!"

영호휘가 위풍당당한 기세로 복도를 활보한다.

본래 복도에 있던 무사들이며 무혈들까지 흠칫 놀라 뒤로 물러섰다.

"반갑소, 화룡. 신수가 훤해지셨구려."

"감사하오."

"호오! 철탑, 이번에 셋째를 낳으셨다고 들었소. 축하하오. 아들이오, 딸이오?"

"딸입니다."

"이런. 슬하에 두 딸이 있었다고 들었었는데 안타깝소. 그래도 하늘이 내리신 생명이니 아껴야 하지 않겠소? 내 약왕전에다 일러 좋은 영약을 챙기라 해 둘 터이니 산모께 드리시오. 내 시간이 생기면 한번 찾아뵈리다."

"신경 써 주셔서 감사합니다."

"신마, 왜 이리 땀을 많이 흘리는 것이오? 혹여 무슨 일이라도 있는 것이오?"

"아, 아닙니다. 아무래도 고뿔에 걸린 것 같아서 그런 것 같습니다. 하하하!"

"몸조리 잘하시오. 요즘 시기가 시기다 보니 몸을 각별히 조심해야 하지 않겠소?"

영호휘는 마주친 사람들의 어깨를 두들기면서 환하게 웃으며 격려해 주었다.

그때마다 무혈들은 몸을 움찔거렸다.

'무언가가 달라졌다.'

'이공자의 기세가 이전과 달라. 어떻게 된 거지?'

영호휘는 언제나 압도적인 패기로 상대를 찍어 누르고 위에서 오시하는 자였다.

그것이 젊은 혈기와 더해져 일부 나이 많은 명숙들의 반발을 불러 샀다.

그런데 사람이 바뀌었다.

영호휘가 모종의 일로 자취를 감춘 지 몇 달.

대체 무슨 일이 있었는지 모르겠지만, 영호휘에게서는 이전에 없던 여유가 생겼다.

무작정 누르지 않는다.

담담한 태도로 상대의 웃음을 유도한다.

하지만 그 모습이 더욱 심장을 옥죄었다. 폐부를 짓눌렀다.

마치 풀숲에 숨어 송곳니만 잔뜩 드러낸 맹수 같다.

덕분에 무혈들은 영호휘가 어떤 말만 꺼낼 때마다 몸을 부르르 떠는 자신을 발견했다. 분명 단순한 일상 대화인데도 불구하고 심장이 덜컥 내려앉는 듯했다.

'꽤 오래 폐관 수련을 했다더니…….'

'사대 가문 중 두 곳이 몰락했는데도 영호휘는 더욱 탄탄해졌다. 과연 이제 그를 견제할 자가 있을까?'

그러나 개중 눈빛이 날카로운 무혈들은 영호휘만 아니라, 그의 뒤에 있는 자에 대해서도 경계했다.

'누구지?'

'천룡위군 외에도 숨겨둔 자가 많다더니. 그중 한 명인가? 위험하군.'

영호휘의 뒤를 조용히 호종하는 한 사내.

여유로운 영호위와 다르게 무심한 얼굴을 한다.

평범한 인상이다. 하지만 눈매는 노인의 것처럼 너무 깊어 나이를 짐작하기 어렵게 했다.

걸음을 옮길 때마다 허리춤에 걸린 검이 허벅지와 부딪치며 덜그럭덜그럭 소리를 낸다.

분명 주변에 흐르는 기도는 조용하다.

유심히 쳐다보지 않으면 제자리에 있는지 없는지 분간
이 가지 않을 정도다.

하지만 무혈들에게는 그 점이 더 무서웠다.

신무대전 내에 있는 사람들은 전부 최소한 각 지역에서
패웅으로 군림하던 절정고수들이다.

수많은 기도와 기도가 얽히는 가운데 휩쓸리지 않고 자
신의 존재를 지울 수 있다니.

때에 따라서는 기도를 자르거나 몰래 뒤를 칠 수도 있다
는 뜻이지 않은가.

무혈들의 눈에 호종하는 자는 잘 벼려진 칼처럼 보였다.

기지개를 켜려는 용과 그 옆을 지키는 칼이라.

'용과 칼…… 거친 바람이 불기 시작했으니 이제 용이
바람을 타고 날아오를 일만 남았는가?'

무혈들은 몸을 부르르 떨었다.

이번 무혈무회, 무언가 심상치 않았다.

"그럼 모두 제자리에 착석하시지요."

영호휘는 정천정에 들어서자마자 가장 안쪽 좌측에 마
련된 좌석에 털썩 앉았다.

무혈들의 얼굴 위로 당혹감과 노여움이 교차다.

마치 자신이 이 방의 주인이라도 된 듯한 태도다.

실로 오만방자하지 않은가.

제아무리 무신의 제자이며 영호가의 가주라 하여도 예의는 지켜야 하는 법이었다.

"이공자, 지금 뭘 하려는……!"

결국 이를 보다 못한 열화태세(烈火太歲) 신강(申岡)이 앞으로 불쑥 나섰다.

성정이 불같기로 유명했다.

하지만 신강의 태도는 오래가지 못했다.

슥!

"흡!"

갑자기 어느새 턱 밑으로 드리워진 검 한 자루.

"이공자께 반발하는 것은 허락하지 못합니다."

귓가를 속삭이는 목소리. 일부러 변조한 것처럼 탁하다. 하지만 신강에게는 사신의 목소리처럼 들렸다.

'대, 대체 어느새!'

신강이 정천정에 들어오기 전에 영호휘의 새로운 오른팔인가 싶어 유심히 관찰했던 자다. 스산한 눈빛이 옆에서 느껴졌다.

너무나 빠르고 은밀한 움직임이다.

녀석은 신강이 생각했던 것보다 훨씬 대단한 자였다.

여차하면 검으로 목을 끊어 버릴 태세라, 주변에 있던 무혈들도 저마다 병장기 쪽으로 손을 가져갔다.

바로 그때,

"성! 이게 뭐하는 짓이냐?"

영호휘가 쩌렁쩌렁하게 호통을 내지른다.

성이라 불린 무사가 입을 열었다.

"허나, 이자가 주군께……!"

"그렇다 하여도 이곳은 무혈들을 위한 자리. 네가 나설 곳이 아니다! 어서 검을 거두고 열화께 사과드리지 못할까!"

무사는 즉시 검을 거두고는 포권을 취했다.

"실례가 많았습니다."

"아, 아니네. 나야말로 행동이 지나쳤어. 흠흠! 허나, 다음에는 이런 짓은 용납지 않을 것이니 이만 물러서시게."

"감사합니다."

스르르…….

무사가 다시 발을 내딛자 유령처럼 존재감을 지우더니 다시 영호휘 뒤쪽으로 나타났다.

무슨 일이 있었냐는 듯이 석상처럼 무심하게 선다.

신강은 그런 녀석을 보면서 인상을 살짝 굳혔다.

'천룡위군을 잃어도 여전히 이공자는 건재하구나! 정녕

그를 당해 낼 방법은 없단 말인가?'

무사, 성은 작게 입술을 달싹였다.

『열화태세 신강. 호북 무한의 열검방(烈劍幇) 방주. 무신이 비무행을 할 당시에 꺾었던 고수 중 하나. 현재는 대공자를 적극 지지하는 자. 맞나?』

『후후후! 그새 벌써 다 파악해 뒀나?』

영호휘의 입술이 살짝 말려 올라갔다.

『네게 힘을 실어 주려면 적아는 확실히 알아 둬야 하니까.』

깊은 눈매 위로 귀화가 살짝 타올랐다 사그라졌다.

무사 성, 그는 바로 무성이었다.

신무대전에 들어왔을 때부터 주도권을 잡는다.

애초 처음부터 그들이 노렸던 바다.

이 모든 일련의 과정들은 그들이 세운 계획을 위한 시작 단계에 불과했다.

영호휘가 옥좌를 차지하기 위한 계획.

'하지만 녀석은 결국 오지 않았어.'

이번 무혈무회는 반쪽짜리에 불과했다.

남은 사대 가문의 가주, 하후충은 참여하지도 않았을 뿐더러, 다른 무신의 제자들도 참여하지 않았으니.

무성이 기다렸던 주익은 이곳에 없었다.

하지만 영호휘는 무성의 마음 따윈 관계없다는 듯이 기분 좋게 웃었다.

『그럼 마저 시작해 볼까?』

신강이 자리에 앉자, 다른 무혈들도 자리에 앉았다.

저마다 불편한 기색이 역력하다.

영호휘는 여유로운 태도로 좌중을 쓱 훑어보다 천천히 입을 열었다.

"웬만하신 분들은 다 오신 것 같고. 사형께서는 조금 늦으실 것 같으니 먼저 회의를 진행하겠소."

어느 누구 하나 항의 한 번 제대로 하지 못해 어영부영 회의가 시작하려는 그때였다.

"허허허! 사제도 참으로 성미가 급하시구만."

문이 활짝 열리며 아직 착석하지 않은 스무여 명 정도의 무혈들이 마저 들어왔다. 그들을 발견한 신강의 표정도 다시 환해졌다.

선두에는 평온한 인상을 가진 이가 서 있었다.

그를 보는 순간, 무성의 눈도 살짝 떨렸다.

서른 살을 갓 넘었을 듯한 그는 선이 굵어 남자다웠지만, 호선을 그리는 두 눈이 순박한 인상을 심어 주었다.

"어서 오시오, 사형."

"오랜만일세. 못 본 사이에 많이 달라졌구만."

중천대호 문인산.

그가 환하게 웃자, 좌중을 짓누르던 중압감이 물로 씻은 듯이 깨끗하게 씻겨 나갔다.

무혈들은 저마다 안도의 한숨을 내쉬었다.

반면에 사형을 보며 웃는 영호휘의 눈가엔 스산한 살기가 살짝 감돌았다.

문인산은 주변을 둘러보며 무혈들에게 일일이 포권을 취하며 사과를 했다.

"이거 많이 늦어져 죄송하오. 꽃향기가 너무 진해서 즐기다가 그만……."

영호휘를 지지하는 무혈들은 노골적으로 불쾌하다는 표정을 지었다.

한낱 꽃 때문에 무혈무회에 늦었다니. 대공자라는 자신의 본분을 망각한 몰상식한 행동이 아닌가.

달리 보자면 마치 이깟 일쯤은 별것 아닌 식으로 여긴다는 뜻으로 비칠 수도 있었다.

하지만 문인산은 남들이 오해하건 말건 간에 사람 좋은 미소를 지으며 제자리에 착석했다.

"하면 회의를 마저 진행합시다."

'문인산. 무신의 대제자.'

무성은 말로만 듣던 패도천룡의 대적자, 중천대호를 보며 눈을 가느다랗게 좁혔다.

'결국엔 이렇게 만났구나.'

낮에 만났을 때와는 다르게 또다시 천변만화공으로 얼굴을 변형시켰다. 그러니 자신을 알아보지는 못하리라.

다만, 이렇게 다시 만나게 되니 느낌이 묘하게 다르다.

상대의 정체를 몰랐을 때와 알았을 때의 차이인 걸까.

문인산이 풍기는 기운이 낮과는 미묘하게 달랐다.

영호휘처럼 압도적으로 찍어 누르지는 않지만, 그보다는 조금 다른 무언가가 있다.

영호휘가 누른다면, 문인산은 흐른다.

자신에게 쏘아진 모든 기운을 흘러 버린다.

물.

그래, 물이다.

영호휘는 모든 것을 짓밟고 태우려는 불인데 반해, 문인산은 주어진 대로 흐르려는 물 같다.

'영호휘가 천옥원에 잠입했을 때. 대웅으로 있을 때 보였던 모습은 문인산을 모방했을 가능성이 커. 하지만 대웅이 화가 났을 때는 정말 무서웠지.'

물은 성이 났을 때 엄청난 재앙을 일으킨다.

그래서 대호다.

풀숲에 웅크리고 있는 범이었다.

'이미 그는 대공자라는 직함 하나만으로 영호휘가 가진 다른 직함을 모두 짓누르는 무게를 갖고 있어. 대공자에게는 미안하지만…… 여기서 영호휘가 승기를 잡으려면 대공자의 손발을 잘라 낼 필요가 있어.'

자신에게 호의를 보여줬던 이를 쳐야 한다니.

입맛이 씁쓸했지만 계획을 위해서는 어쩔 수 없었다.

나중에 사과하리라. 모든 일이 끝나고 난 후에.

그때 영호휘가 슬쩍 고개를 옆으로 돌려 무성과 눈이 마주쳤다.

고개를 살짝 끄덕인다.

나서란 의미다.

무성은 알겠다며 고개를 끄덕이고 한 발자국 앞으로 나서려는데, 갑자기 문인산이 무성을 보며 미소를 지었다.

그리고 갑자기 귓가를 때리는 전음 한 줄기.

『이런 곳에서 또 만나게 될 줄은 몰랐어. 낮과는 달리 지금은 마음이 풀린 것 같아 다행이구만.』

"……!"

무성의 걸음이 살짝 멈췄다.

얼굴이 딱딱하게 굳었다.

'나를…… 알아보고 있어!'

큰일이 아닐 수 없다.

지금부터 자신과 영호휘가 하려는 것은 영호휘로 하여금 확실한 대권을 잡을 수 있게 만드는 일이다.

그런데 문인산이 벌써부터 자신의 정체를 알아챘다?

'물러서야 하나?'

무성은 어지러운 머리를 겨우 누르며 문인산에게 전음을 보냈다.

『무슨 말씀이십니까?』

하지만 문인산은 무성을 보며 담담히 웃기만 할 뿐. 아무런 대답도 하지 않았다.

무성의 미간 사이로 살짝 골이 팬다. 식은땀이 그 사이로 흘러내렸다.

수많은 갈등이 머릿속에서 뒤죽박죽 섞였다.

그때 왼쪽 귓가로 영호휘의 전음이 울렸다.

『뭘 하는 거냐?』

뿔이 단단히 났다. 일을 시작하지 않는 데에 대한 추궁이다.

무성은 문인산의 노림수를 알 수 없었지만, 마저 걸음을 옮겼다.

'어쩔 수 없어.'

이미 시작한 걸음이다. 내칠 수 없다.

더군다나 무신련이 흔들리면 흔들릴수록 유리한 것은 자신이 아닌가.

"먼저 많은 어른들께서 계신 곳에서 소인이 부득이하게 나마 손을 쓰겠습니다."

무성이 나지막한 목소리로 입을 열었다.

문인산과 영호휘에게로 분산되어 있던 좌중의 시선이 모두 무성에게로 쏠렸다.

하지만 그때는 이미 무성이 몸을 날리고 있었다.

쾅!

갑자기 탁상 위로 올라서서 끝을 박차더니 단숨에 허공을 질주한다.

목표는 열화태세 신강이었다.

"흡!"

까—앙!

신강은 본능적으로 몸을 옆으로 돌리면서 도를 위로 뻗었다.

하지만 무성의 신력은 영호휘에 비견할 만하다. 거기다 가속도에 기습의 묘를 살렸다.

결국 도가 미끄러지듯이 옆으로 빗겨 난다.

신강은 의자가 뒤로 쓰러지면서도 비어 있는 왼손을 뿌렸다. 호북 내에서 다섯 손가락 안에 꼽힌다는 장법, 열파장(裂破掌)이었다.

하지만 무성의 검은 수려한 곡선을 그리더니 흑야일휘를 전개했다.

짧은 섬광과 함께 신강의 손이 위로 튀었다.

"크아아악!"

무성은 질주하던 그대로 신강의 가슴팍을 발끝으로 걸어찼다.

늑골이 안으로 함몰되는 끔찍한 소리가 들리면서, 신강은 의자와 함께 뒤로 넘어갔다.

쿵!

"개……자식!"

"움직이지 않는 게 좋을 겁니다."

무성은 신강의 몸뚱어리 위에 올라탄 채로 목젖에다 검을 겨누었다.

신강은 왼손으로 잘린 오른쪽 손목을 부여잡으며 고통을 호소했다. 이글거리는 눈으로 무성을 노려보았지만, 귀화가 잔잔히 타오르는 무성을 보고 입을 다물었다.

"이게 대체 무슨 짓이오, 이공자!"

"신성한 신무대전에서 칼을 빼 들다니……!"

"모두 움직이지 않는 게 좋을 거요."

분기탱천하며 자리에서 일어나던 무혈들은 뒤늦게 흠칫 놀라고 말았다.

각 옆자리에 앉아 있던 무혈들이 그들의 목젖이나 옆구리 등 사혈에다 병장기를 겨누고 있었다. 여차하면 바로 찌를 태세였다.

갑작스레 신강을 비롯해 여러 무혈들이 제압된 상황.

당혹과 황당함, 그리고 살기가 빗발치며 정천정의 분위기를 혼란스럽게 만든다.

영호휘는 그 중심에서 차갑게 웃었다.

"지금 이곳에 계신 분들을 모두 사부님께 대한 암살 모의 및 반란 방조죄로 체포하겠소."

"……!"

"……!"

모두가 충격을 받는 가운데, 영호휘의 시선이 가장 상석으로 향했다.

입술 끝이 비틀렸다.

"물론 사형도 마찬가지요."

문인산은 담담히 웃었다.

무혈들의 눈가가 파르르 떨렸다.

특히나 믿었던 동료들에게 위협을 당한 이들의 경우에
는 아랫입술을 꾹 깨물었다.

그들이 어찌 영호휘의 노림수를 모를까.

지금 혐의를 명목으로 제압된 자들은 대부분 대공자 문
인산을 지지하거나 암묵적으로 따르는 자들이다.

영호휘는 이참에 잠시나마 문인산의 손발을 묶어 버리
려는 속셈이었다.

문제는 검을 겨눈 자들 중에 평소 중립을 표방하거나 문
인산 쪽에 있었던 이도 있단 점이었다.

"자, 자네가 어찌!"

외경거마 혁세기(赫世麒)는 큰 거구에 어울리지 않게 얼
굴을 붉으락푸르락거렸다.

그의 옆구리를 정확히 겨눈 것은 창이다.

가장 친하다고 생각했던 벗, 무영신창(無影神槍) 조위람
(趙偉藍)의 창.

"미안하네. 이것은 모두 무신궁의 특명이라네."

"무슨······!"

"그러게 왜 그런 못난 선택을 내렸나? 적어도 날 벗이라
생각해 주었었다면 상의라도 했어야지. 못난 친구야."

조위람의 안색은 어둡기만 했다.

혁세기가 무슨 말이냐고 버럭 소리를 지르려는 찰나였

다.

처처척!

갑자기 문이 열리더니 일련의 무리들이 정천정 안으로 들어왔다.

그들은 하나같이 무시무시한 살기를 줄줄이 풍기며, 제압된 무혈들의 옆에 섰다. 하나같이 저항하면 바로 베어버릴 기세였다.

"중마위군(衆魔衛軍)까지……!"

무신궁을 수호한다는 삼대 위군(衛軍) 중 하나인 중마위군.

천룡위군에 못지않은 강맹한 기세를 자랑하는 그들은 살벌한 기세를 띠며 무혈들을 노려보았다.

개중에는 군주 태극검성(太極劍聖) 위불성(魏佛成)도 있었다.

신주삼십육성에 속하는 초절정 고수이자, 오로지 무신의 명만을 무조건적으로 따른다는 왼팔.

죽은 제갈문경이 무신의 머리를 상징한다면, 위불성은 무력을 상징했다.

"죄인 혁세기는 들으라—!"

거친 노호가 쩌렁쩌렁하게 울린다.

구대문파 중 하나인 무당파(武當派)의 출신답게 창룡후

(蒼龍吼)는 무혈들의 남은 기백마저 송두리째 앗아 갔다.

혁세기는 조위람에게 마혈이 짚어져 내공을 운기하지 못한 마당에 창룡후로 기혈이 뒤틀리자 울컥 피를 쏟고 말았다.

금강불괴를 이룬 외공 하나로 신주삼십육성에 오른 그였으나, 내공도 상당수 있어 이런 음파 공격에는 너무 취약했다.

하지만 혁세기는 약해지지 않았다.

이를 악물고 피를 도로 삼켰다.

대신에 실핏줄이 터져 붉게 충혈된 눈으로 위불성을 노려보았다.

"내가 왜 죄인이란 것이냐!"

"정녕 그대의 죄를 모른단 말이냐? 감히 련주이신 무신을 해하려는 역모죄를 꾸미던 졸자 북궁민에게 무공을 건네주었으면서?"

"……!"

"그 과정에서 나타난 귀병은 천룡위군을 몰살시키고 신기수사를 암살하는 등 여러 혼란을 빚어내는바. 그들을 양성하는데 동참한 그대의 죄는 막중한바!"

위불성의 서슬 퍼런 외침이 전해질 때마다 혁세기는 두 눈을 질끈 감았다.

'설마' 했던 사건이 터지고 만 것이다.

"그 죄를 물어 그대를 형당 뇌옥으로 압송하겠노라! 만약 저항할 시에 본인의 검과 본군의 창에 맞서야 할 터. 순순히 포박되어라. 하지만 나는 그대가 부디 저항해 주었으면 한다. 그래야 죽일 수 있을 테니까!"

으득!

위불성의 부리부리한 눈매가 분노로 일렁거렸다.

중마위사 다섯 명이 조심스레 다가가며 남은 혈도를 짚기 시작했다.

혁세기는 단전이 폐쇄되고 형구에 육체가 완전히 구속될 때까지 저항 한 번 하지 않았다.

다른 무혈들의 안색도 창백해졌다.

단순히 영호휘가 정치적 이점을 챙기기 위해 수를 쓰는 것이라 생각했다.

추후 문인산의 입장이 정리되면 다시 재기할 기회를 엿보면 된다고 여겼다.

그런데 이것은 그 정도를 넘어섰다.

'잘못하면 모든 죄를 뒤집어쓰고 내쳐질 수도 있다!'

무신을 신으로 숭상하는 무신련에서 역모는 가장 중죄에 해당하는바.

머릿속에서 본능이 경종을 울려 댔다.

하지만 그들을 구제해 줄 유일한 동아줄인 문인산은 답답하게도 속모를 미소만 짓고 있었다.

"크게도 준비하셨구만. 사제."

문인산은 너털웃음을 터뜨렸다.

마치 지금의 혼란이 자신과는 전혀 관계없다는 듯이.

"내가 사부님을 해하려 했다고? 흠! 들어 보니 확실히 혹한 소리이긴 하군."

남들이 들었으면 기겁했을 소리를, 문인산은 마치 제 일이 아닌 것처럼 가볍게 이어 나갔다.

"사부님은 언제나 세상일은 뒷전이셨지. 특히 제자들에게는 더더욱 무관심하셨고. 덕분에 사제는 나를 볼 때마다 잡아먹으려고 으르렁대고, 셋째는 환멸을 느낀다며 바깥을 싸돌아다니기나 하고. 쯧쯧! 그러시면서 최근에는 막내까지 들이면서 또 엉망으로 만들어 버렸지."

문인산은 혀를 가볍게 찼다.

"나도 해 보고 싶어. 사부님의 그 잘난 낯짝이 좀 구겨지는 걸 보고 싶단 말이야. 하지만 영 사람 같지 않은 영감님이 되셔서는. 흐흠! 아무래도 그건 좀 어렵겠어."

어깨를 으쓱거리는 모습이 여유롭기만 하다.

하지만 그것은 영호휘도 마찬가지였다.

가장 오랫동안 문인산과 대적해 온 이가 아닌가.

"자세한 것은 추후 조사해 보면 알 일이지."

영호휘가 크게 소리쳤다.

"이들의 혐의가 풀릴 때까지 모두 가택에 연금하라!"

무성은 올라탄 신강의 가슴팍에서 내려왔다.

근처까지 다가온 세 명의 중마위사들은 슬쩍 무성의 눈치를 살피더니 신강을 일으키며 추포했다.

"손속을 과하게 썼군."

누군가가 작게 중얼거린다.

중마위군은 신강을 죄인으로 취급할 예정이었지만, 어찌 됐건 간에 증거가 나올 때까지는 상대는 무혈이었다. 저항만 없다면 최대한 손속을 아끼라는 위불성의 명령도 있었다.

그런데 이건 그 정도를 넘어선다.

잘린 오른팔에서는 피가 쉴 새 없이 쏟아진다.

혈을 짚어 지혈을 시키려 해도 잘린 단면이 너무 매끄러워 쉽지가 않다.

낫는다 해도 과연 앞으로 다시 검을 잡을 수 있을까 싶은 중상이다. 잡는다 하여도 아마 예전의 무력은 돌아오지 않을 것이다.

신강은 피를 몇 번 게워 내다가 무성을 한 차례 노려보았다.

하지만 무성은 그에게 눈길조차 주지 않았다.

그 따윈 자신과 전혀 관계없다는 듯이.

"너, 이름이 뭐냐?"

무성은 답을 회피하려 했지만, 신강의 시선을 도무지 무시할 수 없었다.

신강의 두 눈에는 귀화가 타오르고 있었다.

자신이 누이를 잃었을 때의 눈. 천옥원에서 칠호가 자신에게 눈을 빼앗겼을 때의 눈.

원한과 증오로 얼룩진 눈이다.

강호에 몸을 담은 무인이라면 언젠가 가질 눈이기도 했다.

"성."

그래서 자주 쓰는 가명을 댔다.

"네놈, 반드시…… 이 수모를 갚을 것이다."

"할 수 있다면."

으득!

신강은 이가 으스러져라 갈며 중마위사의 부축을 받아 정천정을 빠져나갔다.

착!

무성은 검을 조용히 검집 안으로 밀어 넣었다.

실내는 빠르게 정리되어 갔다.

신강을 시작으로 마혈이 짚어진 무혈들이 줄줄이 압송된다.

아마 영호휘의 지시대로 중마위군과 형당, 그리고 영호권가의 합동 조사가 끝날 때까지 감금될 것이다.

혐의는 곧 풀릴 것이다.

혁세기를 제외하면 모두 이번 일과는 크게 관련 없는 자들이니. 그들은 외경거마 혁세기의 죄 때문에 억울하게 덤터기를 쓴 것에 지나지 않는다.

하지만 그 한 번의 덤터기가 저들의 경력에 큰 오점을 남기게 되었다.

그리고 더 이상 위로 오르지 못하리라.

문인산의 손발이 묶인 사이, 영호휘가 정지된 무신련의 모든 전권을 장악하게 될 것이니.

'지금쯤 영호권가가 발 빠르게 움직이고 있겠지. 공백이 된 북궁검가와 제갈선가의 이권을 접수하고, 대호궁까지 접수하기 위해서.'

무성은 몰락의 한복판에 선 문인산을 보았다.

문인산은 그가 가진 무게를 생각해 위불성이 직접 체포를 하고 있었다.

따로 마혈을 짚거나 포승줄을 묶지 않았다.

깍듯이 예를 대한다.

하지만 그뿐이다. 위불성의 태도에는 전혀 무신의 제자에 대한 경의가 담기지 않았다.

문인산은 위불성과 뭐라 몇 번 대화를 나누더니, 압송된 무혈들을 따라 문 쪽으로 걸었다. 여전히 그는 사람 좋은 미소를 짓고 있었다.

'대체 무슨 생각을 하고 있는 거지? 정말 이렇게 몰락하고 말 사람이었나?'

무성은 문인산을 보는 내내 눈살을 좁혔다.

몰락하는 그의 모습은 무성의 가슴에 짙은 파문을 남겼다.

그때 잠시 문인산의 걸음이 멈췄다.

"……?"

어깨에 바짝 힘이 들어갔다.

고개를 돌린 문인산과 눈이 마주쳤다.

『어린 나이에 벌써부터 왜 그리 고생을 하는가? 자신의 몸부터 돌보지 않고서야 어찌 먼저 떠난 누이가 좋아하겠나?』

"……!"

『미안하이. 그대가 떠난 후에 신분이 궁금해 따로 뒷조사를 해 보았다네. 하지만 분명 이것만은 기억해 두게나.

꽃을 좋아하던 자네의 누이가 바라던 모습이 이것이 맞는
가.』

"……."

무성의 눈꺼풀이 파르르 떨렸다.

꾸중이다. 호통이다.

하지만 그 속에 담긴 것은 분노 따위가 아니다. 원한이
어린 목소리가 아니다.

다분히 상대를 걱정하고 염려하는 마음이 담겨 있다.

'당신은 오늘 나를 처음 본 것이면서도, 왜?'

그런 무성의 의문을 풀어 주려는 듯 다시 한 줄기 전음
이 귓가에 꽂혔다.

『꽃을 좋아하는 사람 중에 심성이 나쁜 사람은 없는 법
이니까. 자네 역시 그렇게 생각하지 않나?』

'아!'

『낮에도 말했듯이 나중에 언제 한번 찾아오시게. 당분
간 나는 대호궁에서 꽃이나 계속 가꿀 듯싶으니까 말일세.
하하하!』

문인산은 기분 좋게 웃으며 자리를 떠났다.

무성의 두 눈은 문인산의 등에 못 박힌 채로 떨어지질
않았다.

문인산은 위불성의 안내에 따라 무성을 지나쳤다.

'부디 꽃의 향기를 맡을 수 있기를 바라네.'

그는 진심으로 바랐다.

더 이상 무신련 내에 무성과 같은 슬픈 사연을 간직한 자가 존재하지 않기를.

문을 나서기 직전 장인과 마주쳤다.

하후충은 증오와 원망 가득한 눈길로 그를 노려보고 있었다.

"이게 장인어른의 선택이십니까?"

"그렇다네. 바로 나, 하후충의 선택이야. 자네가 나를 버렸으니 나 역시 살 방도를 마련해야 하지 않겠나?"

하후도가와 영호권가의 결탁.

언제나 섞이지 않을 기름 같은 사이였던 사대 가문이 뒤섞이기 시작했다는 뜻이다.

'아니. 이건 권속(眷屬)으로 봐야겠지.'

하후도가의 가세가 기울었어도 명분상으로 영호권가와는 대등한 관계였다. 하지만 이제는 더 이상 그러지 못한다. 하후도가는 이제 영호권가의 부속이 되었다.

'그것이 곧 패망의 지름길이거늘. 어찌 제 마음을 그리도 모르십니까, 장인어른?'

하후충은 사위를 권력을 위한 도구로 봤지만, 문인산은

진심으로 하후충을 장인으로 생각했다. 아버지처럼, 사부님처럼 여겼다.

그래서 지금 속내를 말하지 않았다.

이 상황에서 그런 말은 도리어 하후도가의 몰락만 더 부채질하는 결과를 낳을 테니.

"가시지요."

문인산은 위불성에게 말했다.

위불성의 지시에 따라 문인산은 천천히 방을 나섰다.

그때까지도 하후충의 증오 어린 시선은 사위에게서 떨어지질 않았다.

＊　　　＊　　　＊

거룡궁에서 일련의 무사들이 움직이기 시작했다.

영호권가의 무사들은 일제히 북궁검가와 제갈선가로 이동, 저항하는 무사들을 모두 제압하거나 밖으로 내쫓는 등 장악을 시도했다.

그 과정에서 크고 작은 유혈 사태가 벌어졌으나, 영호권가의 장악 속도는 너무나 빠르게 이뤄졌다.

더불어 문인산을 위시한 대공자 측 무혈들이 일제히 포박된 채로 형당 뇌옥으로 압송되었다. 그들에게는 역모 모의라는 혐의가 꼬리말처럼 따랐다.

무신련 내 사람들은 모두 충격과 경악에 잠겼다.

대공자가 반란에 가담하다니!

일부는 말이 안 된다며 크게 반발을 할 정도였다.

그만큼 문인산이 무신련에 미치는 영향은 컸다.

무신의 대제자라는 직함뿐만 아니라, 평소 권력에 어울리지 않는 소탈한 그의 성정은 여러 사람들로부터 많은 지지를 받아왔던 것이다.

한데, 그것이 단번에 꺾이지 않았는가!

더불어 이번 역모의 진상을 파악하고 낱낱이 파헤친 이 공자 영호휘에 대한 인기와 지지는 하늘을 찔렀다.

이에 영호휘는 공식 석상에 올라와 천명했다.

"련 내에 암약하며 련과 사부님을 흔들려는 기생충들을 모두 박멸할 것이다! 이 영호휘와 영호권가의 이름을 걸고 서!"

혼란을 빠르게 수습하려면 압도적인 존재감과 확고한 인상으로 사람들을 휘어잡을 필요가 있다.

그런 면에서 젊고 패기 넘치는 영호휘는 딱 알맞은 상이었다.

그러나 일각에서는 우려의 목소리도 흘러나왔다.

영호휘는 너무나 지나치게 패도적인 자.

혈기 넘친 젊은 군주의 등장은, 방만한 경영으로 느슨했던 무신련을 강제로 한데 끌어 모아 더 큰 것을 보게 만든다.

철혈의 통치는 언제나 수많은 피를 흐르게 만든다.

벌써부터 피 냄새가 코끝을 찌르는 것 같은 예감에 사람들은 몸을 떨고만 있어야 했다.

이에 사람들은 입을 모아 말했다.

"영호휘가 결국 대권을 차지할 것이다!"

"앞으로 영호권가가 제이의 무신련이 될 것이다!"

그리고,

"용의 시대가 왔다!"

라고.

第八章

주익

척, 척, 척!

무신련 내 거리를 활보하는 일련의 무리들이 있다.

서슬 퍼런 기세를 막을 사람은 아무도 없었다.

모두가 좌우로 갈라져 두려움에 잠긴 눈으로 그들을 바라보았다.

무혈무회에서 있었던 사건은 이미 알려진바.

거룡궁과 영호권가의 무사들을 제지할 사람은 아무도 없었다.

특히 가장 선두에서 위풍당당한 기세로 걷고 있는 영호휘는, 마치 젊은 시절 강호를 독보하며 수많은 문파들을 무릎 꿇렸던 무신의 재림을 떠올리게 했다.

하지만 인파들의 눈가에는 두려움 외에도 혼란이 뒤섞였다.

"저, 저, 저! 지금 이공자께서 가시는 곳은……!"

"무신궁이 아닌가! 대체 무슨 일이신지!"

무신련에서도 금지이자 성지로 추앙받는 곳, 무신궁.

그곳으로의 발걸음이라니.

대체 영호휘의 저의가 무엇인지 알 수가 없어 혼란은 극심하기만 했다.

그러나 무사들의 뒤편으로 중마위군까지 합세하자 혼란은 곧 경악이 되었다.

무신의 왼팔이라는 위불성은 계속된 대공자와 이공자의 파벌 다툼에서도 오로지 중립만을 외쳐 왔다. 그런데 그가 가세를 하니 차기 무신련의 주인은 영호휘로 완전히 굳혀진 것으로만 보였다.

그렇다면 지금의 행차는 완전히 후계자로서 낙인을 받기 위한 것이란 말인가!

수없이 나도는 의문은 계속된 추측과 새로운 추측이 더해져, 몸집을 불려 가며 일파만파 퍼졌다.

영호휘는 거기에 대해 그 어떤 발언도 하지 않았다.

그저 묵묵히 무신궁의 영역으로 발을 내디뎠다.

무성은 영호휘의 바로 뒤편에서 따랐다.

'이제 얼마 남지 않았어.'

그들이 가는 곳은 무신궁이 맞았다.

영호휘는 무신련에 이어 무신궁마저도 확실히 장악하려 했다.

제아무리 련을 수백 번이고 손에 넣는다고 해도, 결국 중심은 무신의 거처다. 이곳을 완연히 손에 넣지 않은 한 영호휘는 사상누각에 앉은 것에 불과했다.

덕분에 무성은 드디어 원하던 목적에 다가갈 기회를 얻었다.

주익.

누이를 해한 원수가 바로 그곳에 있었다.

'주익은 여전히 치료가 덜 끝나 무신의 비호 아래에서 무공을 수련한다고 했어. 영호휘가 무신을 접견한 바로 그때가 유일한 기회야.'

이 날을 얼마나 고대하고 기다렸던가.

심장이 크게 뛰었다. 피가 빠르게 돌았다.

흥분한 마음을 가라앉히기 위해 숨을 천천히 골랐다.

하지만 한편으로는 그런 생각도 들었다.

'주익을 처치하고 나면? 그 후에는 어떻게 될까?'

영호휘는 절대적인 권력을 얻었다.

이제 무신련 내에 그를 깰 수 있는 이는 아무도 없다. 무신밖에는.

그래서 생각했다.

영호휘도 같이 몰락시킬 수 있는 방법을.

'내가 여기서 살아남을 가능성은 아주 적어. 신속과 천뢰를 얻고, 이법을 풀 가능성을 얻었지만 무신련을 탈출하기는 힘들 테니까. 그렇다면 기회는 딱 한 번뿐. 주익을 칠 때 같이 친다.'

영호휘는 패왕이다. 권력을 탐하는 짐승이다.

결코 지칠 줄을 모른다.

아마 곧 강호를 한입에 삼키려 들 것이다.

그때는 귀병과 같은 아픔을 가진 이들이 또 얼마나 많이 늘어날 것인가.

그러니 같이 처치해야만 했다.

주익을 칠 때 영호휘도 같이 무너진다. 대공자와 이공자의 연이은 실각은 곧 무신련의 존재마저 위협할 것이며 이는 곧 붕괴로 이어진다…….

비록 무성은 무사히 그 광경들을 볼 확률이 아주 적었지만, 후회는 하지 않았다.

다만, 아쉬운 점은 있었다.

'만약 대공자, 당신이 조금 더 욕심을 부렸다면 어땠을까?'

떠날 때까지만 해도 보여주었던 미소는 아직도 뇌리 속에서 쉽게 지워지지 않는다.

하지만 그건 임시방편일 뿐.

무신련이 존재하는 한 근본적인 대책은 되지 못한다.

그래서 무성은 바랐다.

문인산, 그가 바라듯이 야욕의 세월에서 벗어나 부디 편한 생활을 누리를 수 있기를.

마음을 다잡아가는 바로 그때였다.

삐—익!

갑자기 허공에서 기다란 울음소리가 울렸다.

매의 울음소리가.

"뭐지?"

"매 아냐?"

잠시 행렬이 멈췄다. 무사들이 고개를 들었다.

저만치 높은 하늘에서 매 한 마리가 그들의 머리 위를 뱅그르르 돌고 있었다. 그러다 갑자기 날개를 조금씩 접더니 이쪽으로 활강하기 시작했다.

무사들은 정체불명의 매를 잡기 위해 저마다 병기에 손

을 가져갔다.

"잠깐 멈춰!"

무성이 급히 소리를 치며 그들의 행동을 제지했다.

이미 거룡궁 무사들은 무성이 영호휘의 호위무사라 소개를 받았다. 더군다나 무성이 무혈무회에서 신강을 상대로 보여줬던 무위가 있었기 때문에 무시할 수 없었다.

결국 무사들은 영호휘에게로 시선을 던졌다.

원칙상 이런 곳으로 날아오는 짐승은 들짐승이든 날짐승이든 베어야만 한다.

갖가지 기이한 법술 중에는 동물을 수족처럼 부려 적을 암살할 수 있는 방법도 있으니.

영호휘는 손을 들어 수하들의 행동을 만류했다.

대신에 무성에게 평온한 어투로 물었다.

"그대의 새인가?"

"그렇습니다."

"요란하군."

"죄송합니다."

"빨리 처리하라. 한시가 급한 상황에 한낱 새 한 마리 때문에 걸음이 지체될 수는 없지 않은가?"

"존명."

무성은 말없이 고개를 숙였다.

'왜 온 거지?'

무성은 고개를 숙인 내내 혼란에 잠겼다.

그의 눈이 틀리지 않았다면 저 새는 분명 귀병가와 연락 체계를 맡고 있는 천산신응이었다.

하지만 천산신응은 비상시에만 사용하기로 되어 있었다. 세작 활동에 민감한 무신련이 허락되지 않은 전서응과 전서구의 사용을 허락지 않기 때문이었다.

왠지 이유 모를 불안감이 엄습했다.

무성은 재빨리 손을 높이 들었다.

푸드득!

천산신응은 익숙한 무성의 냄새를 맡고 아주 사뿐히 손목에 안착했다.

'어디 다쳤었나?'

무성은 천산신응의 날개에 묶인 천을 보고 눈을 살짝 크게 떴다.

천은 붉은 핏물로 적셔져 있었다. 다리에 묶인 전통이 용케 떨어지지 않고 아슬아슬하게 덜그럭거렸다.

"수고했다."

무성은 천산신응의 머리를 쓰다듬어주면서 전통을 열었다.

영호휘를 비롯한 거룡궁 무사들의 미심쩍은 눈길이 몰렸지만 신경 쓸 겨를이 없었다. 다행히 전서는 귀병가에서만 알아볼 수 있는 암어(暗語)로 적혀 있었다.

미안하다. 일이 틀어졌어.

첫 문구는 그의 느낌을 정확하게 찔렀다.
뒷 내용은 무성의 눈을 크게 뜨게 만들었다.

북궁가주가 살아남았다.

*   *   *

간독은 인상을 찡그렸다.
"하필이면 마지막을 초치다니."
옆에 있던 독사와 식귀는 대형의 언짢은 심정을 어찌 풀어줄지 몰라 전전긍긍했다.
하지만 혈랑단의 주인, 마구유는 심드렁했다.
"어쩔 수 없지 않나? 북궁가주나 되는 작자가 그런 잔수를 숨겨 뒀을 줄."
마구유는 북궁대연을 배신하고도 전혀 가책을 못 느끼

는 얼굴이었다. 또한, 간독과 손을 잡고 일을 제대로 못 마쳤는데도 불구하고 별것 아니라는 투였다.

"분명히 언질을 주지 않았었나? 북궁대연이 데려온 여자가 어떤 사람인지 모르니 조심하라고. 단순히 며느리를 데려올 위인이 아니라고."

북궁대연이 위험에 처한 순간 그를 구해 준 이는 그동안 말없이 그의 옆을 지키기만 하던 며느리, 금태연이었다.

금태연은 몰래 소지하고 있던 연막탄을 터뜨려 실내를 안개로 뿌옇게 흐린 다음, 간독과 마구유 등이 놀라 방황할 때를 틈타 북궁대연을 데리고 자리를 피신했다.

뒤늦게 혈랑단이 그녀를 뒤쫓으려 나섰지만 아직까지 행적이 묘연했다.

마치 하늘로 증발한 것처럼 흔적도 찾을 수 없었다.

"글쎄. 그건 사전에 그 계집의 몸수색도 제대로 하지 않은 그쪽에게 책임이 있지 않나?"

마구유는 어깨를 으쓱거렸다.

그럴수록 간독의 눈은 차갑게 빛났다.

하지만 굳이 언급은 하지 않았다.

혹시 손을 쓸 수 있었는데도 불구하고 금태연의 미모 때문에 주저한 것이 아니냐는 말. 마구유는 미녀라면 사정을 못 하는 놈이었으니.

그래도 아직 마구유와 혈랑단은 쓸모가 많았다.

'버리는 건 나중으로도 충분해.'

간독은 다시 웃었다.

살벌한 흑도에서 살아남으려면 칼을 웃음 뒤에 숨길 줄 알아야 했다.

"뭐, 그래도 그대들이 증오스럽던 천룡위군을 세상에서 지우고 북궁가주의 손발을 자른 건 사실이니 고맙다는 인사는 해야겠지."

"이제야 말이 좀 통하는 것 같군."

독사가 고개를 숙이자, 마구유가 오만하게 턱을 치켜들었다.

순간 마구유의 눈가로 혼탁한 빛이 일렁였다.

독사는 그 눈빛이 의미하는 바를 놓치지 않았다.

"식귀."

"예, 형님!"

"혈랑단 분들을 자성루(慈星樓)로 안내해 드려라. 이들을 모시는데 추호도 불만이 생겨서는 안 될 것이다."

"알겠습니다! 저를 따라오시지요."

식귀의 안내에 따라 마구유가 당연하다는 듯이 움직이기 시작했다.

"계집은 준비되어 있겠지?"

"당연하고 말굽쇼. 전부 이곳 동정호와 호남에서 두 번째 가라면 서러워할 미녀들로 꼽았습니다요. 술과 음식도 미주가효에 산해진미로만 챙겨 놨으니 저만 따라오시면 됩니다요. 아, 당연히 놓치시면 국물도 없습니다요."

"푸하하하! 녀석 참, 말 재미있게 하는군."

"어서 가자, 형제들아! 계집들이 우리를 부르고 있다!"

"키킥! 두화, 고 뽀얀 것을 또 품을 수 있겠구만."

식귀는 의형제들 중에서도 가장 넉살이 좋다.

덕분에 마구유와 혈랑단은 별다른 의심 없이 그를 따라 기루로 향했다.

간독은 무표정한 얼굴로 그들의 뒤를 보다 곧 독사에게 말했다.

"독사, 비선(秘線) 제작은?"

"완성 막바지에 자꾸 걸림돌이 되던 놈들을 모두 제거했으니 마무리만 하면 됩니다."

"그럼 마무리를 서둘러라. 그리고 북궁검가의 늙은이와 암여우를 빨리 쫓아. 늙은이의 다친 몸으로는 얼마 가지 못했을 테니."

"예!"

독사는 무겁게 고개를 끄덕이며 자리를 떴다.

간독은 홀로 남아 눈을 가만히 감았다.

"한가 놈이 짜 둔 대로 착실히 진행되곤 있지만…… 시간이 너무 촉박해. 시간이."

한유원이 짜 뒀던 계획의 가장 큰 핵심은 두 가지다.

정보와 무력.

현 강호는 난세다. 힘이 있는 자가 모든 것을 차지하는 난세. 덕분에 북련과 남맹이라는 거대한 체제 아래에서도 강호 곳곳에서는 여러 군웅들이 할거를 반복한다.

그런 차에 정보는 아주 중요하다.

그래서 중원의 중심, 동정호를 근간으로 한 흑도의 연결망은 비선이라는 이름을 타고 급속도로 연결되고 있다.

하지만 정보는 가질수록 더욱 큰 위험을 초래한다.

결국 보물을 지키기 위한 무력도 있어야 했다.

그것이 바로 혈랑단이다.

이로써 한유원이 바랐던, 무성이 크게 날뛸 수 있는, 든든한 배경이 될 수 있는 기반이 서서히 완성되어 가고 있다.

하지만 '서서히'여서는 안 된다.

최대한 '빨리'여야만 한다.

문제는 한유원도 머릿속으로만 구상한 계획이다 보니 여기에 대해서는 별다른 언급이 없다는 점이었다. 그가 살아 있다면 적절하게 임기응변을 더해 바꿨을 것이나, 그는 이미 이 세상 사람이 아니었다.

부족한 부분은 자신들이 채워야만 했다.

간독은 언제나 싸워 대면서도 결국엔 마음을 나눴던 악우(惡友)의 빈자리를 무겁게 느꼈다.

"한가 놈이라면 과연 어떻게 했을까?"

그것이 당면 그에게 내려진 숙제였다.

*　　　*　　　*

무성은 조용히 종이를 구겼다.

"왜 그러나? 중요한 일인가?"

영호휘가 무뚝뚝한 어조로 물어온다.

하지만 두 눈은 시뻘건 불길을 자랑한다. 거짓말은 절대 용납지 않는다는 눈빛이다.

녀석은 눈치채고 있었다.

이 서찰이 동정호, 귀병가로부터 왔다는 사실을.

'이 사실을 영호휘가 알게 해서는 안 돼.'

북궁대연의 존재는 계획에 있어 큰 골격을 차지하진 않는다.

그렇다고 해서 얕지도 않다.

어찌 되었건 간에 사대 가문 중 한 곳의 수장이니.

영호휘로서는 부담스러운 변수로 작용할 것이다.

하지만 아무 말도 하지 않으면 의심을 산다.

"귀병가에 심어둔 세작으로부터의 연락입니다."

"뭐라고 하는가?"

무성은 별것 아니라는 투로 태연하게 말했다.

하지만 관심을 가진 다른 자들에겐 그렇지 않았다.

"남맹이 접촉을 해 왔다고 합니다."

"무슨……!"

"허! 그런!"

금세 좌중이 어수선해졌다.

*   *   *

간독은 불청객이 될 소지가 다분한 혈랑단을 전부 내보낸 후 혼자서 손님을 맞이하고 있었다.

북궁검가는 북궁검가. 지금은 새로운 일을 진행할 때였다.

"어서 오십시오. 기다리고 있었습니다."

사이한 미소를 흘리는 그의 앞에 세 사람이 앉았다.

재미나다는 미소를 짓는 사내와 불쾌하다는 표정을 짓는 청년, 그리고 도무지 속을 짐작할 수 없는 혜안을 지닌 여인이 서 있었다.

"말로만 듣던 사안대망이 이렇게 젊은 사람일 줄이야. 반갑네. 검룡부의 남궁청(南宮淸)이라 하네."

"독사갈 당회(唐廻)다."

"만독부의 염호리, 목단영(木丹楹)이라 해요."

검룡부와 만독부. 남맹을 이루는 두 기둥이 움직이기 시작했다.

무신련에 대항하기 위해서.

＊　　　＊　　　＊

"남맹이라……."

영호휘의 두 눈이 기광으로 번뜩인다.

무성은 무겁게 고개를 끄덕였다.

"이합집산을 반복했던 동정호의 영역권이 하나로 규합되었으니 이를 바탕으로 장강 이북으로 진출하기 위해 접촉을 한 것으로 보여집니다."

그는 중요한 사실을 아무렇지 않게 떠들어 댔다.

어차피 지금 숨겨도 언제고 알려질 일이다.

그만큼 남맹의 움직임은 무신련으로서도 부담스러울 수밖에 없으니. 하물며 귀병가는 천룡위군을 없앤 공적이니

두 곳의 연대는 많은 파장을 낳을 수밖에 없다.

'어차피 다모각에서도 눈치를 챘었고.'

그렇다면 굳이 의심을 살 필요는 없다.

'그리고 안다고 해도 막을 수 없어. 이미 때는 늦었다.'

영호휘는 과연 알까?

남맹과 귀병가가 만나게 됨으로써 그의 목에도 조금씩 칼날이 드리우기 시작했다는 사실을.

그리고 그 뒤에는 숨겨진 또 다른 칼이 있다.

'거사님.'

무신련의 자금줄을 끊어 버리기 위해 움직이기 시작한 방효거사.

그리고 실질적으로 밖에서 그의 손발이 되어준 이.

무성에게는 아주 소중한 사람.

'남 소저.'

무성의 눈가로 아주 잠깐 슬픔이 깃들었다.

*　　　*　　　*

'이곳이 무신련……'

남소유는 수많은 감정이 담긴 눈으로 무신련이라는 거대한 성채를 노려보았다.

자신에게서 평화를 빼앗아 갔던 곳이 아닌가.

하지만 그녀는 분노를 참았다.

그녀가 원하지 않더라도 이제 곧 무신련과의 본격적인 싸움이 시작될 테니까.

'그러니까 무성, 내가 도착할 때까지 부디 무사해야 해요.'

남소유는 이 안에서 홀로 적들과 맞서 싸우고 있을 마음속 정인을 떠올렸다.

그사이 그녀를 태운 마차가 정문에 도착했다.

휘장이 살짝 열리며 행수 우향(郵享)이 고개를 슬그머니 내밀었다.

"아무래도 어제오늘 사이에 무신련 내 혼란이 극심해서 내부로의 유입이 까다로운 것 같습니다. 점검 절차가 상당히 시간 걸릴 듯하니 잠시만 기다려 주십시오."

"천천히 하셔도 됩니다. 제가 도움을 받는 입장인 것을요."

우향은 고개를 가로저었다.

"그런 말씀하지 마십시오. 남 소저께서는 자칫 신기수사의 농간에 놀아날 뻔했던 본 상회를 구해 주신 은인이십니다. 만약 회주께서 들으셨다면 제대로 모시지 못했다고 하여 크게 야단을 치셨을 겁니다."

남소유는 전서를 받고 난 후에 동정호를 떠나 곧장 장사로 향했다.

더불어 수시로 방효거사와 연락을 주고받으면서 장사상회가 제갈선가에 잡아먹히지 않도록 손썼다. 주인을 둘러싼 음모를 알아차린 상회에서도 여파에 휩쓸리지 않고 제대로 정비를 하였다.

덕분에 이번 무신련으로의 행렬을 계획할 수 있었다.

그들의 주인, 방효거사와 은인, 무성을 구하기 위해.

만나지 못할 우려는 하지 않았다.

무신련이 극심한 혼란으로 외부와의 임시 단절을 선언했다지만 몇몇 중요한 생필품까지 차단할 수 없다. 이처럼 거대한 조직은 언제나 먹을 것, 입을 것, 쓸 것이 부족했으니.

남소유는 창밖을 내다보았다.

까다로운 심문에도 불구하고 거룡궁으로 납품을 할 것이라 우향이 의사를 밝히자, 더 깊은 추궁 없이 통과되었다. 그래도 무사가 하나가 감시로 따라붙었다.

그렇게 얼마를 들어갔을까?

거룡궁의 영역에 들어선 순간, 행렬이 잠깐 멈췄다.

갑자기 뚱뚱한 체구를 자랑하는 한 남자가 헐레벌떡 앞

으로 뛰어들어 앞을 가로막았다.

"어이쿠!"

"괜찮으세요?"

그때 두 여인이 뒤따라 달려와 남자를 부축했다.

"무슨 일이오?"

상단을 안내하던 무사가 인상을 찡그리며 물었다.

그렇지 않아도 련이 시끄러운 통에 할 일이 너무 많아 바빠 죽겠는데 길을 막으니 뿔이 단단히 난 것이다.

그러다 풍뚱한 사내의 딸로 보이는 두 여인을 보고 눈이 휘둥그레졌다.

두 여인은 하나같이 미녀였다.

한 사람은 가녀린 체구를 가져 청초한 꽃을 연상케 했고, 다른 한 사람은 키도 크고 늘씬해서 앙칼진 고양이를 떠올리게 했다.

어딜 가도 쉽게 보기 힘들 서로 다른 매력을 가진 여인들이었다.

'거룡궁에 이런 미녀들이 있었나?'

이만한 미녀들이라면 소문이 나도 크게 났을 텐데.

그렇다고 영호휘가 들인 첩이라고 할 수도 없었다. 그는 영웅호색이라는 말과 다르게 이상하게도 여자에 대해서는 별반 관심이 없었으니.

"험험! 무슨 일인지는 모르겠으나, 이렇게 길을 막고 있으면 공무에 방해가 되니 잠시 비켜주시겠소?"

무사가 근엄한 목소리로 물었다.

하지만 세 사람은 말없이 무사가 아닌 뒤쪽에 있는 행수 우향을 보고 있었다.

무사가 기분이 상해 서로 아는 사이냐며 물으려는 그때, 남소유가 천천히 자리에서 내렸다.

"헉!"

순간 무사는 저도 모르게 헛바람을 들이켰다.

앞의 두 미녀와 견주어도 부족하지 않을, 아니, 그 이상인 천상의 선녀가 마차에서 내리는 게 아닌가!

빙기옥골, 화용월태라는 말이 절로 떠오를 정도였다.

미녀, 남소유가 갑자기 무사에게로 손을 뻗었다.

무사가 왜 그러나 고개를 갸웃거렸다. 그러다 눈이 스르르 감기더니 저도 모르게 잠에 들었다. 날아온 지풍에 수혈이 점해진 것이다.

방해꾼이 사라지자 행수 우향이 눈물을 글썽거리며 비대한 몸집의 중년인에게 예를 갖췄다.

"회주님……."

"그간 고생이 많았다."

중년인은 후덕한 미소를 지으며 우향의 어깨를 두들기

더니 남소유 쪽으로 시선을 돌렸다.

순간, 두 눈이 기광으로 번뜩였다.

"그대가 남 소저?"

"절 아시나요?"

"귀병가 사람들 중에 아리따운 처자는 딱 한 명밖에 없다고 들어서 말이오. 듣던 것보다 훨씬 미인이시라 놀랐지만. 무성 녀석이 부럽게 느껴지는 건 처음이구려."

중년인, 방효거사가 껄껄 웃음을 터뜨렸다.

남소유의 눈동자가 떨렸다.

"무성이 제 이야기를 한 적이 있나요?"

"있다마다. 자신에게 둘도 없을 소중한 사람이라고 했지."

"아!"

남소유는 자신도 모르게 탄성을 터뜨리며 손으로 입가를 막았다. 눈가에 살짝 옥구슬이 맺혔다.

방효거사가 씩 웃었다.

"만약 무성이 남 소저가 왔다는 사실을 안다면 크게 놀랄 거요. 말없이 이곳까지 찾아올 줄 누가 알았을까?"

＊　　　＊　　　＊

사실 무성은 남소유를 끌어들이고 싶지 않았다.
하지만,

애송아, 너 남씨 계집을 너무 무시하는 거 아니냐?
저런 고집불통은 아무리 떠들어 봤자 말을 들어 먹질
않아요. 하여간 꼬마고 계집이고 죄다 쌍으로 말을 처
먹질 않으니. 그래서 알아서 하라고 장사 쪽 일을 맡겼
다. 나한테 따질 거면 계집한테 따져. 난 죄 없어.

간독은 서찰 끄트머리에다가 그런 말을 남겨 놨다.
무성은 고소를 금할 수 없었다.
'나의 욕심이었던 걸까?'
사실 가능하다면 간독의 도움도 받지 않고 일을 처리하
고 싶었다. 그것이 안 되기에 조금이나마 받으려 했던 것
인데.
하지만 간독과 남소유는 절대 그것을 허락지 않았다.
도리어 가슴 한편이 따뜻해졌다.
그들이 보여준 애정 어린 관심이 몸을 감싸던 위화감과
불안감을 한꺼번에 씻겨 주었다.
'그래. 이들만 있다면……!'
무성은 주먹을 꽉 쥐었다.

두 눈이 귀화로 번뜩였다.

'생각이 바뀌었어. 어떻게든 살아남겠어. 여기서 죽지 않아. 이들과 같이 미래를 보겠어.'

이런 동료들을 두고 떠나는 건 너무 손해가 막심하다.

무성은 영호휘를 돌아보았다.

영호휘는 무미건조한 눈빛으로 가만히 무성을 보다가 몸을 반대로 돌렸다.

"자세한 소식은 내일이면 알 수 있겠지. 갈 길이 바쁘다. 가자!"

거룡궁과 영호권가의 무사들은 놀란 기색을 금세 가다듬었다.

곧 그들은 무신궁 한복판으로 들어설 수 있었다.

무신궁은 그야말로 구중궁궐이 따로 없을 정도로 화려함을 자랑했다. 전각들은 크게 화려하지는 않지만 소박하지도 않았다. 특유의 멋이 있었다.

여기서부터는 중마위군이 앞장섰다.

천룡위군이 있다면 모르되, 그들이 없는 이상 이공자의 세력이라 할 수 있는 거룡궁과 영호권가는 중마위군의 통솔을 받아야만 했다.

별 필요 없는 눈 가리고 아웅거리는 식에 불과했지만, 위불성과 같은 무신의 충복에게는 아주 중요한 절차 문제였다. 그는 아직 사람들의 우려와 다르게 영호휘를 지지하는 것이 아니었다.

그렇게 한참을 지나, 행렬은 무신궁의 가장 중심인 청상전(廳上殿)에 당도했다.

순간, 무성의 눈이 귀화를 뿌렸다.

'이곳이 바로 무신의 거처!'

무신궁의 수많은 전각들 중에서도 가장 크다.

성곽이라고 해도 될 만큼 어마어마한 높이를 자랑하는 담장이 끝도 보이지 않을 만큼 길게 늘어서서 위풍당당함을 자랑한다. 강북 제일의 신인이 이곳에 살고 있노라 만천하에 고하는 것처럼 느껴졌다.

바로 그때, 굳게 닫혀 있던 청상전의 대문이 열렸다.

끼—익!

대문 앞으로 난 길을 따라 천천히 걸어 나오는 이.

청년이라 하기엔 어리고 소년이라 하기엔 나이가 있어 보인다. 하지만 무덤덤한 표정과 절도 있는 걸음걸이에서는 나이에서 쉽게 찾을 수 없는 기품이 느껴졌다.

게스름하게 뜬 두 눈은 마치 잠 오는 것처럼 보이면서도 실로 기묘한 분위기를 풍겼다.

기인(奇人)이라 할 수 있는 이의 등장.

"위불성 및 중마위군이 사공자 님을 뵙습니다!"

"사공자 님을 뵙습니다!"

중마위군이 일제히 부복을 한다.

젊은 기인은 말없이 고개를 끄덕였다.

그 모습마저도 기품과 묘한 분위기가 한데 절묘한 조화를 이뤄 신비로운 형상을 자아냈다. 영호휘를 비롯한 거룡궁과 영호권가 무사들의 탄성을 자아냈다.

하지만 그중에서 유일하게 단 한 사람만이 동참하지 못했다.

무성, 그의 귀화가 어느 때보다 시뻘겋게 타올랐다.

원한과 증오를 장작 삼아서. 영혼을 태우듯이 거칠게.

'이곳에 있었구나, 주익!'

第九章

용의 몰락

　무성을 집어삼킬 것 같던 분노는 곧 싸늘하게 가라앉았다.

　'가슴은 뜨겁게. 머리는 차갑게.'

　언제나 한유원이 해 주었던 말이 있지 않은가.

　복표를 바로 코앞에 둔 상황에서 일을 그르칠 수는 없었다.

　무성은 자신과 주익 사이의 간격을 가늠해 보았다.

　'삼십 보. 아직 멀어.'

　무성은 사제에게 인사하기 위해 움직이는 영호휘를 따라 조금씩 걸음을 옮겼다.

'이십구 보……'

영호휘는 말없이 귀화를 태우는 무성을 보며 속을 알 수 없는 미소를 흘렸다.

"어서 오십시오, 사형. 오신다는 이야기를 들었습니다."

주익이 조용히 예를 갖춘다.

"사부님은 안에 계시나?"

"아시지 않으십니까? 자리에 잘 계시지 않으시다는걸."

"그래. 그런 분이지."

보통 사람들이 아는 것과 다르게 무신은 절대 조용히 무신궁에서 칩거할 사람이 아니다. 나이를 먹고도 그는 여전히 정력적이라 정체를 숨기고 떠돌길 좋아한다.

주익을 치료하기 위해 한동안 옆에 계속 붙어 있었다지만, 거동이 가능해진 이후로는 이따금 한 번씩 찾아올 뿐 그 외에는 자리를 비웠다.

그래서 지금의 일을 획책할 수 있었던 것이지만.

제아무리 사대 가문이니 뭐니 떠들어 대도 무신련의 중심은 무신궁이다. 이곳까지 확실히 장악하지 않은 이상 여태 쌓은 것은 임시방편에 불과하다.

문제는 무신의 부재시 무신궁을 통솔하는 자는 바로 사

제자 주익이란 점이었다.

건강이 좋지 않고 무신팔법을 제대로 이어받지 못했다는 것을 핑계 삼아, 문인산과 영호휘의 대립을 교묘한 방식으로 균형 있게 맞추는 것이다.

이제는 그럴 수도 없게 될 테지만.

주익은 영호휘가 대형에게 그런 것처럼 자신에게도 가차 없이 칼을 휘두를 작정이란 사실을 아는지 모르는지 여전히 기묘한 분위기를 자아내고 있었다.

"해서 저 혼자 무신궁을 지키고 있는 중이었습니다. 한데, 이렇게 많은 가솔들을 이끌고 무슨 일로 오셨습니까? 련이 한창 시끄럽다는 말은 들었습니다만."

"별일 아니다."

영호휘의 입꼬리가 차갑게 올라갔다.

"정말 별것 아니지."

'십오, 십사, 십삼. 십이 보⋯⋯.'

조금만 더.

열 걸음이면 된다.

'남은 건 이 보.'

주익은 영호휘를 보다가 고개를 갸웃거렸다.

"옆에 못 보던 분이 계시는군요."

분명 어딜 가도 쉽게 볼 수 있을 법한 평범한 인상이다. 하지만 유달리 기광을 뿌려 대는 눈빛이 그런 인상을 모두 덮고 있었다.

왜 저렇게 자신을 쳐다보는 걸까?

문제는 주익으로서도 절대 낯설지 않은 눈빛이란 점이었다.

활활 타오르는 귀화.

그런데 안개로 가려진 듯 언뜻 떠오르지가 않았다.

"이번에 새로이 들였다. 인재지."

"인재를 사랑하지만 그만큼 사람을 가리는 사형이 들인 자라니. 저도 궁금해지군요."

"이제 알게 될 것이다. 곧."

영호휘가 의미심장한 미소를 짓는 순간,

휙!

갑자기 불어오는 바람에 영호휘의 머리카락이 날렸다.

무성이 빠른 속도로 주익에게로 쇄도하고 있었다.

길게 울음을 터뜨리는 검을 뾰족하게 세우고서.

쐐애애애앥!

주익은 흠칫 놀라고 말았다.

갑작스러운 습격이라니!

하지만 놀란 것과 다르게 몸은 반사적으로 움직이고 있었다. 아직 몸이 안 좋다고 하지만, 무신의 제자라는 직함은 결코 간단한 것이 아니었다.

발이 움직이며 몸이 반원을 그린다.

뾰족한 검은 아슬아슬하게, 아주 아슬아슬하게 가슴팍을 훑고 지나갔다.

슥!

피가 위로 튀었다.

순간, 주익의 눈 위로 기광이 치솟았다.

"감히!"

그를 상징하던 기묘한 분위기와 고고한 품위가 갑자기 거짓말처럼 사라졌다.

대신에 세상 만물을 내려다보는 오만함이 물들었다.

피가 튄 곳은 왼쪽 쇄골. 바로 아래는 아직도 완전히 아물지 않은 흉터가 남아 있었다.

오래전에 한낱 벌레 따위가 남긴 흉터가!

"죽여주마!"

파라락!

몸이 회전을 하면서 가공할 기운이 손바닥으로 몰려들었다. 소맷자락이 마구 펄럭이면서 묵직한 힘이 실렸다.

병석에서 일어난 지 얼마 되지 않아 무신팔법을 제대로

습득하지는 못했다. 하지만 그가 익힌 두 가지만으로도 이전과는 비교도 할 수 없을 정도로 뛰어난 무위를 갖게 하는데 충분했다.

와선풍화(渦旋風化), 무신이 늘그막에 탄생시켰다는 여덟 가지 법칙 중 첫 번째 법칙이 작렬했다.

퍼—엉!

마치 공간이 떠밀리는 것 같다는 착각이 일 정도로 강렬한 폭음과 함께 막대한 폭풍이 불어닥쳤다.

무성은 금방이라도 격류에 휘말리는 지푸라기 신세가 될 것 같았다.

하지만 묘한 발걸음과 함께 신체가 흐릿해졌다.

스스스!

마치 유령이라도 된 것처럼 존재감이 옅어지더니 폭풍에 몸을 내맡긴다. 파도에 쓸리듯이 부드럽게 움직이던 그는 도리어 진원지 쪽으로 거슬러 올라갔다.

뱅그르르, 몸이 반 시계 방향으로 크게 돌면서 단숨에 주익의 옆구리에 닿았다.

스걱!

옷깃과 살결이 벌어지며 피가 튀었다.

주익은 전신을 강타하는 고통에 비명을 토했다.

"크아악!"

재빨리 왼손으로 옆구리를 틀어쥐지만 손가락 사이로 핏물이 쏟아졌다. 지혈을 시도했지만 이상하게 출혈은 도무지 그칠 줄 몰랐다.

그사이에도 무성은 재빠르게 공격을 이어 나갔다.

검이 공간 속으로 녹아들면서 도합 열두 개의 섬광이 허공에 그려졌다.

너무나 빠르면서도 강렬한 섬광.

살존의 무공, 도효십이살이었다.

무성은 별세계로 진입했다.

시간이 느려지고 결이 나타나기 시작하는 세상 속의 또 다른 세상.

결은 주익에게로 향하고 있었다.

'여기서 끝내자, 주익!'

무성은 결을 따라 검을 밀어 넣었다.

결은 그 어느 때보다 굵고 진했다.

이 한 번이면 놈을 베기에 충분하리라.

아니나 다를까, 자신의 목숨이 위험하다는 사실을 깨달았는지 주익의 얼굴이 경악으로 잠겼다.

이윽고 검이 결을 따라 이동하려는 순간,

따—앙!

갑자기 별세계를 무너뜨리는 강렬한 충격파가 검신을 두들겼다. 때문에 검은 결에서 어긋나 아슬아슬하게 주익의 목젖 옆을 지나쳐야만 했다.

결국 주익은 삼도천에 한쪽 발을 담갔다가 겨우 빠져나올 수 있었다. 녀석은 목을 틀어쥐며 바닥을 뒹굴었다.

무성은 저쪽을 보지 않아도 마지막을 방해한 자가 누군지를 알 수 있을 것 같았다.

'영호휘!'

이가 악물렸다.

영호휘가 크게 호통쳤다.

마치 용의 노호에 세상이 부르르 떨리는 듯했다.

"감히 제갈가주를 시해한 것으로도 모자라 주 사제까지 해하려 들다니!"

무지막지한 패기가 전신을 휘감는다.

무신에게서 전수받아 영호권가의 무공을 더하며 탄생된 발산거력패는 이법의 효능까지 더해져 살벌한 힘을 자랑했다.

청상전 내에 오로지 천룡만이 존재하는 듯하다.

중마위군의 수장, 무당제일검이라는 위불성도 감히 그에게는 미치지 못할 것 같았다.

덕분에 주변에 있던 이들은 영호휘의 목소리만이 귓가에 들렸다.

제갈문경을 암살한 자객!

"사공자를 구하라!"

"거룡궁을 도와라! 사공자를 지켜야만 한다!"

거룡궁과 영호권가의 무사들이 움직인다.

그 뒤를 따라 중마위군이 일제히 검진을 갖췄다.

무신의 명령에 따라 사공자 주익에 대한 안위를 가장 챙기던 그들로서는 날벼락과도 같은 일이었다.

주군이 출타 중인 이때 사공자의 신변에 변고라도 닥치면 어찌 주군의 얼굴을 제대로 쳐다 볼 수 있겠는가!

처처척!

중마위군은 재빨리 주익에게로 이동했다.

절반은 주익을 지키고자 그의 주변을 에워쌌고, 나머지 절반은 자객을 잡기 위해 포위망을 갖추려 했다.

자객은 한 번 암습이 실패로 끝나자 미련을 갖지 않고 뒤로 슬쩍 물러났다.

하지만 공격을 포기한 것은 아니었다.

그저 빈틈을 찾으려는 것일 뿐!

자객의 행보가 얼마나 신출귀몰한지 도저히 육안으로 따라잡기가 힘들었다.

수시로 공간 속에 녹아들었다가 나타나고, 방해를 한다 싶으면 마치 물이 흐르듯이 포위망의 빈틈 사이사이를 교묘하게 빠져나가는 솜씨는 차라리 사술이라고 해도 믿을 정도였다.

그때마다 피를 흘리며 쓰러지는 자들도 엄청났다.

덕분에 중마위군은 수적으로 압도를 하고 있음에도 불구하고 자신들이 사람을 상대하는 것인지, 유령과 싸우고 있는 것인지 도무지 분간하질 못했다.

"만월야⋯⋯!"

그때 어느 누군가의 처절한 외침이 좌중을 혼란스럽게 만들었다.

만월야라니!

음지를 지배한다는 살존의 문파가 왜 거론되는 건가!

하지만 중마위군은 정말 이자가 살존아 직접 기른, 만월야에서도 손꼽히는 고수일지도 모른다는 생각을 하기 시작했다.

그렇지 않으면 어느 누가 있어 중마위군들을 이토록 농락할 수 있겠는가!

그리고 곧 그들의 의심은 확신으로 변했다.

자객이 갑자기 포위망을 파고들며 주익에게로 직접적인 타격을 시도했다.

열두 개의 섬광이 마치 꽃망울처럼 화려하게 터졌다.

"도효십이살!"

위불성이 이를 악물었다.

"이공자! 지금 이 일에 대해서 반드시 해명을 해야 할 거요!"

노호가 가득 어린 시선이 영호휘를 때렸다.

저 자객은 바로 영호휘가 데리고 있던 가신이었으니.

하지만 영호휘는 여전히 속을 짐작할 수 없는 근엄한 표정으로 고개를 절레절레 흔들었다.

"성이 만월야의 자객일 줄은 본인도 어제까지는 몰랐소이다. 그리고 저자가 실은 사형이 사주한 자라는 사실까지도."

"어제까지는 몰랐다? 그리고 대공자와 관련이 있다고? 그 말, 책임질 수 있소?"

위불성의 낯빛이 구겨졌다.

이건 생각했던 것보다 훨씬 중대차한 일이었다.

"자세한 건 나중에 말씀드리겠소. 다만, 지금은 사제를 구하는 것에 집중해야 하지 않겠소?"

너무 정론이라, 위불성은 딱히 대답할 말이 없었다.

하지만 두 눈은 차갑게 빛났다.

"상세히 설명해야 할 거요. 아주 상세히. 그렇지 않으면 이공자의 목이 떨어질 테니."

"본인이오, 본인. 패도천룡 영호휘. 용은 절대 허언을
하지 않지."

위불성은 검을 꽉 쥐며, 소림의 사자후와 함께 음공 중
최고로 친다는 사문의 창룡음(蒼龍音)을 터뜨렸다.

"놈을 놓치지 마라!"

휙!

몸이 땅을 박차며 달리기 시작한다. 마치 구름을 박차
허공을 노니는 신선 같았다. 무당이 자랑하는 제운종(梯雲
縱)이었다.

더불어 검이 순양무극공(純陽無極功)의 공력에 따라 진
한 열기를 띠며 그가 자랑하는 구궁연환검(九宮連環劍)을
풀어냈다.

일대에 부드럽지만 강렬한 검풍이 불어닥쳤다.

바람 사이로 거대한 용, 영호휘가 움직였다.

쿠쿠쿵! 퍼퍼펑!

걸음을 내디딜 때마다 마치 코끼리가 땅을 내딛는 것 같
다. 주먹을 휘두르면 공간이 크게 부서져 허공을 무대로
삼던 무성을 위협했다.

신주삼십육성은 현시대에서 가장 강한 고수들이다.

그중 두 사람이 합공을 가했다.

특히 한 사람은 무신의 이제자로서 실력만 따진다면 제 갈문경으로부터 삼존 급이라 찬탄을 받았던 용이고, 다른 한 사람은 무신의 칼이라 할 수 있는 무당의 제일검이었 다.

제아무리 중마위군, 거룡궁, 영호권가의 무사들을 상대 로 날뛰던 무성이라지만, 바람이 불고 용이 노호를 터뜨리 는 순간 낭떠러지에 내몰린 신세가 되고 말았다.

결국 무성은 더 이상 주익에게로도 다가가지 못한 채 도 망치기에만 급급한 신세가 되고 말았다.

그런 움직임마저도 눈에 띄게 느려졌다.

영호휘는 그 이유를 짐작할 수 있었다.

이법의 부작용이 시작된 것이다.

'너무나 아쉽구나. 그대가 만약 내 것이 되었다면 같이 천하를 웅비해 볼 수도 있었을 것을.'

영호휘의 마음은 진심이었다.

무성은 정말 천금을 주어도 갖고 싶을 인재였다.

독기, 지혜, 아량까지.

어디에서도 절대 찾을 수가 없었으니.

하지만 악연으로 시작된 씨앗은 이제 커지고 커져 걷잡 을 수가 없게 되었다.

가질 수 없다면 부수리라.

주익을 잡기 위해 신속을 전개한 나머지 수명이 이제는 닷새도 남지 않았을 테지만, 영호휘는 그마저도 허락할 수 없었다.

이만한 자를 이 손으로 처치하지 않는다면 두고두고 후회하게 될 테니.

'그러니 본인을 위한 밑거름이 되어라, 진무성!'

영호휘는 애초 처음부터 작금 련 내에 퍼진 모든 혼란의 원인과 죄업을 무성에게 뒤집어씌울 작정이었다.

기실 그가 여태 저지른 일은 하나하나 따지고 보자면 억지스러운 점이 많았다.

그래서 생각했다.

그렇다면 차라리 억지를 더 키워 버리자.

어느 누구도 걷잡을 수 없을 만큼. 아주 거창하게.

그래서 짜 둔 가짜 음모의 골자는 이러했다.

북궁검가가 무신을 암살하기 위해 귀병을 만들었다. 그것이 실패하자 복수를 위해 제갈문경을 암살하고, 그 죄를 이공자에게로 덮어씌우기 위해 신분을 속이고 거룡궁으로 스며들었다.

이 모든 배경은 대공자 문인산이다. 암중에 북궁검가를 이용하고 만월야와도 결탁하여 무신과 이공자를 치려고 했다.

그런데 도중에 문제가 생겼다.

이공자에 의해 북궁검가의 계책이 만천하에 드러나 음모가 들통 났다. 그리고 대호궁에 연금되어 모든 죄가 밝혀질 위험에 처하자, 마지막 역전을 위해 거룡궁에 심어둔 귀병을 움직여 사공자 주익을 시해한다. 모든 책임을 영호휘에게로 전가하기 위해서…….

참으로 문인산을 완벽히 옭아맬 수 있는 기회가 아닐 수 없다.

더군다나 이미 증좌도 마련되어 있지 않은가.

외경거마 혁세기. 그라는 존재는 이제 만능에 가깝다. 거기에 무성까지 더해진다면 의혹에 불과했던 문인산의 죄상을 진실로 만들 수 있었다.

'어차피 명분은 권력을 잡는 자에게로 흐르니까.'

어차피 정치적 숙적에게 죄를 뒤집어씌우는 사례는 수를 헤아릴 수 없을 만큼 많다.

'그래도 머지않아 네가 바라던 바대로 주익도 같이 보내줄 터이니 너무 원망하지 마라.'

권력을 잡을 수 있는 잠재적인 숙적들은 모조리 숙청을 해야 한다.

문인산뿐만 아니라, 주익도, 어딘가에서 술이나 퍼마시고 있을 삼사제도.

그리고 사부, 무신까지도. 언젠가는.

파라락!

영호휘는 이제 다 쓰러져 가는 무성을 향해 손을 뻗었다.

거룡궁, 영호권가, 중마위군이 만들어 낸 삼중의 벽은 무성의 행동반경을 대폭 줄여 버렸다. 그리고 유일한 출구는 영호휘가 서서 직접 그를 베려고 했다.

"자객을 죽여서는 아니 되오, 이공자!"

위불성의 소스라친 음성이 귓가를 때렸다.

하지만 영호휘는 무시했다.

괜한 입을 붙여 둘 필요는 없으니까.

기식이 엄엄해 위태롭기만 한 무성의 모습이 시야에 가득 잡혔다.

"덕분에 그동안 재미있었다, 진무성."

부—웅!

주먹이 내달린다.

폭천용퇴(爆天龍頹), 하늘을 터뜨리는 용의 꼬리라는 이름만큼이나 강한 일격이 공간을 짜부라뜨리면서 무성에게로 날아들었다.

무성의 머리통은 금방이라도 으깨질 것 같았다.

바로 그때,

"설마 내가 널 끝까지 믿을 줄 알았나, 영호휘?"

"……!"

이상하게도 무성의 입꼬리가 말려 올라갔다.

마치 냉소를 짓듯이.

분명 방금 전까지만 해도 쓰러질 것처럼 위태롭기 짝이 없던 모습은 온데간데없고, 말투에서는 여유마저 느껴졌다. 엄엄하던 기식도 마치 금방 자고 일어난 것처럼 평온했다.

그 순간, 무성의 신형이 땅 아래로 움푹 꺼졌다.

쿠르릉!

폭천용퇴는 아무도 없는 허공을 부수고 지나갔다.

무성이 사라지고 없는 자리를.

'위험하다!'

영호휘의 두 눈이 경악에 잠겼다. 알 수 없는 불안감이 등골을 타고 흘러내렸다.

이전에도 이런 것을 느낀 적이 있었다.

무성이 언제고 자신을 베겠노라며 외칠 때!

천옥원이 붕괴되던 바로 그때였다!

영호휘는 즉시 몸을 반대로 돌렸다.

하지만 당시에 보았던 귀화가, 아니, 그때보다 훨씬 짙고 거친 귀화가 기다란 궤적을 그렸다.

푸르고 샛노란 섬광이 날아들었다.

스걱!

영호휘의 왼팔이 몸뚱이에서 분리되어 튀어 올랐다.

'역시 목은 베지 못했나?'

무성은 검병 너머로 느껴진 살을 베는 감촉에 이를 악물었다.

보통 검이었으면 신속을 전개한 순간 압력을 버티지 못하고 부서졌을 텐데. 연무장에서 가져온 이 검은 도리어 피를 바라듯이 웅, 웅, 하고 울어 댔다. 본래 자신의 주인이었던 이를 베고도 기분이 좋은 모양이었다.

사실 무성은 처음부터 신속을 전개하지 않았다.

그런데도 결을 보면서 중마위군 등을 마음껏 유린할 수 있었던 것은 낮에 얻었던 깨달음 덕택이었다.

꽃의 향을 맡는 방법.

거기서 착안하여 시작된 사고의 확장은 묵혈관법을 부르고, 새로이 결을 볼 수 있는 방식을 낳았다.

결은 사물을 보는 방식.

그렇다면 그것을 밖이 아닌 안으로 돌려도 된다.

덕분에 무성은 단시간에 신속을 전개했을 때와 버금갈 정도로 뛰어난 발전을 이루는데 성공했다.

대신에 이 사실은 철저히 숨겼다.

영호휘를 벨 수 있는 하나의 패로 삼기 위해.

덕분에 영호휘가 배신을 하는 순간, 그가 입막음을 위해 직접 자신을 베기 위해 나타나는 순간에 숨겨 뒀던 패를 꺼내 들었다.

연무장을 박살 낼 정도로 강렬한 위력을 자랑하던 천뢰는 신속까지 더해지자, 세상 그 어떤 것을 갖다 대도 절대 흉내 낼 수 없는 힘을 자랑했다.

설사 영호휘가 자랑하는 폭천용퇴도 이와 비교할 수 없었다.

보라!

영호휘의 왼팔이 날아간 팔뚝은 어깨뼈까지 박살 났다.

그것으로도 모자라 풍압에서 생성된 바람칼은 상체의 절반을 찢어발겼다.

입고 있던 옷을 날려 버린 것은 물론, 상체 전반에 걸쳐 난도질이라도 한 것처럼 크고 작은 수십 개의 칼자국이 남았다.

하지만 피는 흐르지 않았다.

깊은 칼자국은 하나같이 시커멓게 그을려 고기 굽는 매캐한 냄새가 났으니. 천뢰의 잔재였다.

화상 자국과 칼자국이 한데 뒤엉켜 상체 절반을 집어삼

키고 나아가 목을 타고 얼굴까지 덮쳤다.

안면은 화상으로 완전히 뭉개졌다.

남자다운 인상이 물씬 풍겼던 수려한 턱은 새까맣게 탄 잇몸이 보일 정도로 녹았고, 코와 왼쪽 눈, 입은 한데 짓눌려 퀭한 구멍만 남아 흉측했다.

옥안은 이제 없다. 흉안(凶顔)만 남았다.

천룡도 없었다. 승천하려다 땅으로 곤두박질 쳐 고통에 몸부림치는 이무기만 있었다.

그래도 영호휘는 고통에 겨워하지 않았다.

신음 한 번 흘리지 않고 이를 악물었다. 하나 남은 퀭한 눈으로 무성을 노려보았다.

"진무서어어어어엉!"

이무기가 노호를 터뜨렸다.

하늘로 오르려던 자신을 땅으로 끄집어 잡아당긴 적을 향해서!

하지만 무성은 정작 이무기의 노호를 한 몸에 받으면서도 태연했다.

애초에 영호휘를 벨 수 있을 거라고도 생각지 않았으니까. 이렇게 용의 무지막지한 꼬리를 베었다는 사실만으로도 충분히 만족했다.

무엇보다 다른 목적을 달성했으니.

"죽이겠다아아아아아!"

"과연 그럴 겨를이나 있을까?"

"무슨 개소리를 하는 거냐!"

영호휘가 다시금 땅을 박차려는 순간,

"크르륵!"

갑자기 멀리서 중마위군의 부축을 받고 있던 주익이 피 거품을 쏟았다.

보이지 않던 기다란 상처가 상반신을 대각선으로 쪼개고 있었다. 상처는 정확하게 좌측 옆구리에서 우측 가슴을 가로질렀다.

"사공자! 왜 그러십니까!"

"정신 차리십시오, 사공자!"

중마위군은 경악하고 말았다.

영호휘의 팔에서 시작된 기다란 고랑이 땅을 따라 길게 이어져 주익에게까지 닿은 것이다.

결이다.

향상된 묵혈관법은 서로 어긋나 있던 결을 기다란 하나의 선으로 연결했다. 신속과 천뢰가 더해진 일격은 그 선에 고스란히 내려앉았다.

선 위를 밟고 있던 무사들은 어느 누구를 막론하고 시커멓게 탄 채로 짜부라졌다.

마치 뇌신(雷神)이 한 곳에다 벼락 수십 개를 동시에 던진 것만 같았다.

'저쪽으로 가거든 누나 앞에서 무릎 꿇고 사죄해라, 주익.'

무성의 귀화가 잠잠하게 가라앉았다.

주익은 그를 바라보다 결국 버티지 못하고 제자리에 허물어졌다.

털썩!

"사공자!"

중마위군이 다급히 달려와 주익을 껴안았다.

하지만 주익의 귓가에는 중마위군의 목소리가 들리지 않았다.

꺼져 가는 의식. 흐릿해지는 시야.

주익은 이맛살을 찌푸렸다.

보이지 않는 초점을 억지로 한데 모으려 했다.

어렴풋하게나마 보였다.

차가운 눈으로 자신을 보고 있는 흉한이.

'진무성, 진무성……!'

분명 영호휘가 그렇게 말했다.

'살아 있었던가!'

동정호에서 자신을 그런 꼴로 만들고 아버지의 노호를 사 사형되었다는 말은 들었다.

그때는 의식이 없던 후라 원한을 갚지 못했던 것을, 자신의 손으로 직접 죽이지 못했던 것을 후회했다.

그래서 나중에 몸이 완전히 회복되고 나면 놈의 무덤을 찾아 시신이라도 찢어 버리려 했는데.

이렇게 두 눈을 시퍼렇게 뜨고서 살아 있을 줄이야.

이제는 이전처럼 천운은 바라지도 못했다.

녀석은 동정호에서 때와 다르게 이제는 왼쪽 가슴이 아닌 오른쪽 가슴을 정확하게 부쉈으니까. 심장은 뇌기로 짓눌려 망가졌다. 소생은 불가능했다.

의식이 완전히 내려앉기 전, 그는 못난 머리를 탓했다.

어째서 저 귀화를 보고도 곧장 녀석을 떠올리지 못했는지.

"사공자! 정신 차리십시오, 사공자!"

"흑흑! 사공자님……!"

곳곳에서 눈물이 터졌다.

하지만 저변에 흐르는 감정은 다양했다.

중마위군은 모시던 이의 죽음으로 인해 슬픔을, 거룡궁은 당황을, 영호권가는 가주에게 닥친 재앙으로 인해 격노를 느꼈다.

무성은 수많은 이들의 감정을 한데 받으면서도 주익의 시신에서 시선을 떼지 않았다.

'끝난 거냐? 정말 이렇게?'

무성은 그렇게 잡고자 했던 원수가 죽었다는 사실에 통쾌함보다는 허망함을 느꼈다.

왼쪽 가슴이 찔리고 난도질을 마구 당해도 살아났던 녀석이, 지옥 앞문까지 떨어졌어도 다시 돌아왔던 놈이 왜 이리도 쉽게 당한 건지.

아무런 감흥도 오질 않았다.

머리로는 이해하는데, 가슴이 여전히 먹먹하다.

하지만 이것은 사실이었다.

주익은, 죽었다.

"하하하하하하!"

무성은 크게 웃었다.

그것이 주변 무사들의 분노를 샀지만 아랑곳하지 않았다.

또르르…….

눈가를 타고 볼을 따라 눈물이 흘러내렸다.

'누나, 보고 있어?'

고개를 들어 하늘 어딘가에서 자신을 보고 있을 누이를

그린다.

이제 정말 모든 게 끝났다고 몇 번이고 외쳤다.

하지만 마지막은 무성에게나 그럴 뿐. 누군가에게는 여전히 진행형이었다.

"죽이겠다, 진무성!"

영호휘가 천천히 이리로 다가오기 시작했다.

무거운 몸을 이끌고서. 금방이라도 무너질 것 같은 엄청난 상처를 안고서. 시뻘건 귀화가 담긴 한쪽 눈을 부리부리하게 뜨고서.

영호휘로서는 주익은 반드시 살아 있어야 했다.

나중에 숙청을 할 때 하더라도 그건 어디까지나 대권을 완전히 잡았을 때에나 해당하는 이야기.

지금은 숨이 붙어 있어야 했다.

그를 돕는다는 명분이 있어야만 무신궁을 오롯이 손에 넣을 수 있으니까.

그가 바로 보는 앞에서 죽은 이상, '권력을 얻기 위해 사제를 죽였을지도 모르는 자'라는 꼬리표가 따라붙을 수 있었다.

무성 역시 영호휘가 가진 노림수를 처음부터 읽고 있었기에 이런 상황을 유도했다.

영호휘가 직접 주익 앞에 서는 상황을.

그래야만 영호휘를 잡기 위해 쳐 둔 덫들이 더욱 극적인 형태를 맞을 테니까.

'오는군.'

영호휘가 몇 걸음을 옮겼을 무렵, 갑자기 하늘에서 들리는 요상한 소리에 고개를 높이 들었다.

하늘이 새카맸다.

푸드득! 푸득!

비둘기 수백 마리가 떼를 지어 한쪽으로 날고 있었다.

전서구를 관리하는 전통각(傳通閣)이 있는 방향이었다.

위불성은 크게 소리쳤다.

"새를 잡아라! 무슨 일인지 어서 확인해!"

중마위단 등의 피해와 영호휘의 중상, 주익의 피살까지 혼란스러운 상황 속에서 전서구들이 떼로 난다. 알 수 없는 불안감이 등골을 엄습했다.

고요한 눈빛을 자랑하는 자객이 또 뭔가 사건을 터뜨린 것 같다는 우려가 강하게 들었다.

무사들은 슬픔을 달랠 겨를도 없이 허겁지겁 비둘기를 잡아 전통을 확인했다.

곧 경악이 흘렀다.

"안휘 소호 지부 궤멸!"

"사천 성도 총단 급습, 현재 대피 중!"

"절강 소흥 분타 전멸!"

"포강, 난계, 금화 지부 연락 두절!"

하나같이 장강을 따라 조성된 방어 지역이다.

남맹과 경계를 맞대고 있는 최전선.

"호북 무당산, 일련의 무리들에게 피습! 장문인 이하 문도 백여 명 사망! 금호(金呼) 장로와 함께 문도 사백여 명 섬서 화산파로 피신 중!"

"무, 뭣이!"

거기다 사문이 당했다는 소식은 제아무리 철로 만든 인간 같다는 위불성이라 하여도 얼굴에서 핏기를 가시게 하기 충분했다.

북련과 남맹의 득세 이후, 전통적인 명문이라 할 만한 구대문파는 대부분 각 영역에서 세력을 현상 유지하는데 중점을 뒀다.

어차피 대게 종교 형태를 띠어 속세와는 한 걸음 떨어진 특색을 자랑한 데다가, 그들이 아무리 머리를 맞댄다 하여도 중앙집권적인 북련과 남맹을 상대할 방법이 없었다. 그래서 차후를 기약한 것이다.

하지만 구대문파 중 무당파만은 다른 노선을 걸었다.

북방의 지주, 무신련을 지지하고 그들의 일개 지부가 되기를 자청한 것이다.

이는 무신련에 녹아들어 안에서 영향력을 확대하겠다는 계산에서였다.

덕분에 위불성과 같은 이들을 필두로 무신련 내 상당수 명사들이 무당파 출신이었다. 중마위군의 구성원도 대부분 무당파의 속가 계파였다.

그런데 본산이 당했다니!

"대체 누구냐! 누가 그런 짓을 저질러!"

"남맹입니다! 검룡부와 만독부가 동정호와 장강을 넘었습니다!"

"뭣이?"

위불군은 답답했다.

언제나 장강 이남에서 호시탐탐 기회를 노리고 있긴 했으나, 남맹이 이토록 노골적으로 대대적인 공격을 가한 적은 단 한 번도 없었다.

충격은 거기서 그치지 않았다.

"구, 군주!"

"또 왜! 왜 그러는 것이냐!"

"본련과 연맹을 맺었던 상단들이 지난 거래 관계를 종료하겠다는 의사를 밝혔습니다! 빌려 간 어음과 채무를 빨리 갚지 않으면 관청과 황실에 고발하겠다고 합니다! 본련으로 이어지는 모든 자금줄이 동결되었습니다!"

"대체 그들은 왜!"

"신기수사께서 방효거사를 볼모로 잡아 장사상회를 장악하던 것에 항의를 하는 것이라고 합니다……."

"미친!"

위불성은 마음을 터놓고 지낸 친구였던 제갈문경을 난생처음으로 원망했다.

근래 련의 자금이 많이 빈약하다는 것은 알고 있었지만 이래서는 더 큰 위험만 초래하지 않았는가!

남맹의 침입과 상단들의 배반.

대공자의 몰락과 이공자의 피해, 사공자의 죽음으로 인해 무신련이 내적으로 가장 큰 혼란에 잠긴 이때. 갑작스레 외부에서 이런 우환들이 한꺼번에 들이닥친다면?

제아무리 천하의 무신련이라 해도 위험했다!

"대체 무슨 수를 쓴 것이냐……?"

위불성은 이제 경악을 넘어 두려움에 젖은 눈으로 무성을 보았다.

그건 다른 무사들도 마찬가지였다.

확신할 수는 없지만, 그들의 본능이 말하고 있었다.

지금 눈앞에 있는 작자가 이 모든 일을 초래했다고!

하지만 무성은 태연한 얼굴로, 그러나 싸늘하기 만한 어투로 한 마디를 덧붙였다.

"아직 안 끝났어."

처처척!

말이 끝나기 무섭게 청상전의 대문을 부수고 백여 명의 무사들이 난입했다.

황색 무복과 청색 무복이다.

련 내의 규율을 다루는 형당과 무신궁에서도 최고수로 구성되어 무신의 위엄만을 위해 움직인다는 안찰부의 집행사자들이었다.

그들은 쑥대밭이 되어 버린 청상전의 사정과 주익의 죽음에 크게 놀랐지만, 곧 방문 목적을 밝혔다.

"이공자, 영호휘! 당신을 제갈가주를 시해하고 문인산 대공자에게 누명을 씌우려던 무고죄를 물어 형당으로 압송하겠습니다! 모든 증거가 발견되었으니 뒤로 내뺄 생각은 추호도 하지 마십시오!"

색도표안 하충이 나서서 소리쳤다.

그의 얼굴에는 사뭇 비장함까지 잔뜩 어렸다. 심증은 있지만, 물증은 없었던 영호휘의 범행 사실을 밝혔다는 데에 대한 환희였다.

위불성은 더 이상 놀랄 겨를도 없었다.

그저 허망하게 같은 말만 반복할 뿐.

"대체…… 어떻게……!"

턱썩!

위불성은 주저앉고 말았다.

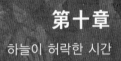

第十章

하늘이 허락한 시간

영호휘의 눈이 깊게 가라앉았다.

불길이 더 큰 불길과 만나면 전소되듯, 제아무리 큰 분
노도 더 큰 분노를 만난 순간 훅 꺼진다.

'끝났구나.'

하충이 나타나는 순간, 그는 직감했다.

모든 것을 잃었다는 사실을.

이제 대미(大尾)만 남았다고 여겼었건만.

모든 적들을 물리치고 드디어 용의 시대가 도래했다고
생각했는데.

"대체 어떻게 한 것이냐?"

영호휘는 지그시 무성을 바라보았다.

자신을 이제 이무기도 아닌 한낱 구렁이 따위로 전락시킨 이가 입을 열었다.

"무너진 다모각 잔해 밑에 거룡궁의 표식을 남겼지."

"고작 그따위로?"

"네가 한 번씩 차던 팔찌였지."

"그렇군. 그게 거기에 있었나?"

영호휘는 다모각으로 떠나기 전에 대수롭지 않게 여기던 사실을 떠올리며 쓰게 웃었다. 아주 작은 빈틈이 지금의 결과를 초래한 원인이 되어 버렸다.

"네가 나를 치려했듯이 나 역시 너를 쳤다. 너는 실패했고 나는 성공했다. 그뿐이야."

"그런가? 나는 실패를 한 건가?"

영호휘는 씁쓸하게 웃었다.

얼굴에 짙은 그림자가 드리웠다.

언제나 넘치는 패기와 오만함으로 똘똘 무장했던 그였지만, 비참한 몰락은 그를 낙담하게 만들었다.

하지만 용은 용.

승천하려다 추락하였어도, 오로지 한 시기만을 위해 천 년 동안 도를 닦은 인내심은 사라지지 않는다. 여의주는 여전히 그의 심장 속에서 뜨겁게 타오르고 있었다.

"사부님은 인외(人外)의 영역에 계신 분. 그분에게 자비란 것이 있을 리 없으니 결국 모든 것을 잃은 나는 이대로 사라질 터. 허나, 천하의 패도천룡이 이렇게 홀로 허망하게 갈 수는 없는 노릇이지."

그림자가 서서히 걷힌다. 벌어진 입가 사이로 송곳니가 번뜩였다.

"그러니 너라도 데려가야겠다."

쿠──웅!

영호휘는 으스러져라 땅을 강하게 박찼다.

자신의 역린을 향해서.

중마위군 등은 도무지 나설 수가 없었다.

두 사람 모두 이번 사안들에 대한 중요한 범인이자 참고인이다.

사건의 전말을 확실히 알리면 반드시 한 사람 정도는 목숨이 붙어 있어야 했다.

하지만 어느 누구도 개입할 엄두도 내지 못했다.

이미 삶의 의욕을 모두 벗어던진 자를 어떻게 막을 텐가. 하물며 상대는 그들을 한껏 유린하던 자객이 아닌가.

도저히 그들 사이로 비집고 들어갈 틈이 없었다.

'차라리 잘 되었어.'

무성은 그런 사실에 만족했다.

검병을 꽉 쥐며 이곳을 향해 황소처럼 돌진해 오는 영호 휘에 맞섰다.

'남은 수명은 고작 닷새. 그걸 모두 여기에 담는다.'

무성은 한 발자국을 강하게 내디뎠다.

축 늘어져 무거웠던 몸이 어딘가에서 남은 활력을 동력 삼아 힘을 뿜어내기 시작했다.

마지막이라는 사실을 시위라도 하듯이 삐거덕댔다.

'미안해, 간독. 다시 보자고 해 놓고서는 못 볼 것 같네. 미안합니다, 남 소저. 또다시 당신의 눈가에 눈물을 맺게 할 것 같네요. 죄는 나중에 달게 받겠습니다.'

처음 무신련 안으로 발을 들였을 때부터 살고자 하는 미련은 버렸다.

그러면서도 한편으로는 살고 싶었다.

귀병들과 함께 미래를 보고 싶었다.

독사와 투덕거리고 싶었다. 남소유에게 아직 못 다 전한 말을 건네고 싶었다. 한유원이 말했던 재미난 인생을 보고, 느끼고, 즐기고 싶었다.

하지만 이제 그 모든 것들을 미뤄 두려 한다.

독사에게. 남소유에게.

그리고 은신처에서 자신을 학수고대하며 기다리고 있을

방효거사와 유화에게.

이 시각쯤이면 두 사람은 방소소와 함께, 장사상회가 잠입시킨 마차를 타고 무신련을 무사히 빠져나갔을 테니 걱정은 없었다.

무성은 모든 것을 앞으로 내던졌다.

콰—앙!

진각을 으스러져라 밟으며 몸을 튕긴다.

영호휘의 일권과 무성의 검격이 부딪쳤다.

콰르르르릉!

삽시간에 사방으로 엄청난 세기의 후폭풍이 먼지구름을 안은 채로 동심원 모양을 그렸다.

"모두 물러서라!"

위불성의 명령에 무사들은 일제히 간격을 벌렸다.

그사이 무성과 영호휘는 수십 합의 공방전을 주고받았다.

펑, 펑, 펑!

간단해 보이는 아주 짧은 충돌도 공기가 터져 나갈 만큼, 그들이 딛고 있던 땅이 움푹 내려앉고 모래가 위로 튀어 오를 만큼 대단한 충격을 자랑했다.

특히 공간을 부술 것처럼 날아오는 영호휘의 공격은 마치 철퇴라고 해도 믿을 정도였다.

빠르지만 무겁다. 무겁지만 매섭다.

도저히 빈틈을 주지 않고 휘몰아치는 권격의 세례 앞에 무성은 방어에만 급급했다.

쿠쿠쿵!

'강해!'

무성은 머리를 노려 오는 무지막지한 압력의 파도를 간신히 옆으로 흘릴 수 있었다.

하지만 검신을 두들기는 힘은 대단했다.

쩌걱!

신속과 천뢰를 전개했을 때에도 꿈쩍도 않았던 검신에 조금씩 금이 갔다. 내구성이 다했다는 뜻이다.

분명 신속을 전개할 때부터 세상은 느려졌다.

큰 상처를 입은 후부터 영호휘의 몸은 온통 결로 도배되다시피 했다. 중상을 입어 움직이는 것이 아주 힘들다는 증거였다.

그런데도 도통 결에 접근할 수가 없었다.

그으려고만 하면 영호휘의 주먹이 불쑥 나타나 결을 가린다.

아니, 그 정도를 넘어서서 도리어 무성의 결을 노린다.

그럼 무성 역시 몸을 비틀어 피해야만 했다.

신속은 양날의 검이다.

상대의 결을 관찰해 단숨에 벨 수 있게 되지만, 반대로 자신의 결도 노출될 수 있다. 신속을 전개할 때 입은 충격은 수십 배로 증폭되어 다가온다.

그럼 영호휘도 결을 보는 것일까?

무성은 그건 아닐 거라고 생각했다.

신속은 오로지 자신이 탄생시킨 절기.

대신에 영호휘는 그 자신만이 만든 이법의 절기가 있다. 아마도 그것을 바탕으로 무성을 이리 몰아붙이는 것일 테지. 그 끝에 결이 닿은 것일 테고.

만약 영호휘가 다치지 않았다면, 아까 한쪽 팔을 자를 수 없었다면 이렇게 버티는 것도 불가능했을 것이다.

하지만 그건 영호휘도 마찬가지다.

그가 압도를 하고 있는데도 불구하고 이기지 못하는 이유는 망가진 균형에 익숙지 않다는 뜻. 그리고 마지막 생명을 불사르는 무성의 공격이 부담스럽단 뜻이다.

증거로, 검에 금이 가듯 영호휘의 팔도 크고 작은 생채기가 긁어져 피가 철철 흘러내렸다.

'좋아. 그렇다면 마지막에 건다.'

순간, 무성의 귀화가 거친 불길을 뿜었다.

화르륵!

회광반조(回光返照)라고 했다.

촛불은 마지막 양초를 태울 때 가장 크고 뜨거운 법.

마치 육체를 넘어 정신까지 집어던진 것 같다. 영혼을 마지막까지 불사르고 또 불살라 아주 화려하게 명멸을 거듭해, 그 어느 때보다 귀화를 거칠게 태웠다.

몸의 좌측을 활짝 연다.

영호휘가 그곳으로 주먹을 밀어 넣었다.

부——웅!

녀석은 의도적으로 노출한 미끼라는 것을 눈치챘다.

하지만 폭격(爆擊)을 쉴 새 없이 가해 미끼를 넘어 아예 몸을 부술 수 있으리라 판단했을 것이다.

무성 역시 그것을 노렸다.

'어차피 망가진 몸, 내주고 너도 같이 데려가겠어.'

쿠르르르!

순간, 끔찍한 고통이 전신을 엄습했다.

몸이 부서지고 찢기는 것 같은 통증. 신속을 통해 수십 배로 증폭되었기에 결과 결이 그대로 짓눌렸다.

왼쪽 어깨가 박살 났다. 팔이 빠져 덜그럭거렸다. 떨어지지 않은 게 용했다. 갈비뼈는 모조리 날아가 오장육부를 가시처럼 찔러 댔다. 왼쪽 허벅지는 근육과 살갗이 뒤틀려 뼈가 앙상하게 드러났다.

그런데도 이상하게 고통은 느껴지지 않았다. 도리어 뇌

가 이를 막으려는 듯 쾌락과 비슷한 무언가를 마구 뿜어댔다.

덕분에 무성은 희열 속에서 냉정하게 상황을 직시할 수 있었다.

'심장은 멀쩡해.'

아니, 위험했지만 몇 번 뛸 힘은 있었다.

그것이 승패를 가로질렀다.

휙!

몸을 뒤튼다. 다친 왼쪽을 안쪽 깊이.

파직! 파지직!

그 순간, 검이 급속도로 움직이면서 허공에 떠돌아다니던 대기와 강한 마찰을 일으켰다. 검신 위로 샛노란 뇌전이 튀었다.

콰르르르릉!

천뢰가 신속을 머금고서 작렬했다.

영호휘의 복부를 뚫고. 안쪽으로 깊숙하게.

"크으으윽!"

영호휘는 본능적으로 몸을 틀었지만 이미 한창 무성에게 폭격을 가하던 중이라 뺄 수 없었다. 결국 검이 복부를 단숨에 관통했다.

푹!

"……."

"……."

느려졌던 세상이 다시 본래의 속도를 되찾았다.

하지만 무성과 영호휘는 마치 시간이 정지한 듯, 서로 몸을 맞댄 채로 가만히 섰다.

무성은 영호휘의 복부에 반쯤 부서진 검을 꽂았고, 영호휘는 두툼한 주먹으로 무성의 왼쪽 가슴을 두들겼다.

상황을 관전하던 어느 누구도 개입하지 않았다.

톡 하고 건드리면 우수수 무너질 것 같은 위태로움.

영원히 지속될 것 같은 정적을 깨드린 것은 영호휘였다.

"……끝났구나."

"검이 부서지지 않았다면 그랬겠지."

무성의 눈가에 씁쓸함이 어렸다.

마지막에 천뢰가 작렬할 무렵, 검이 더 이상 압력을 버티지 못하고 위쪽부터 부서지고 만 것이다. 절반만 남은 검신으로 찔렀지만 치명상은 만들지 못했다.

반 치.

딱 반 치였다.

검의 끝과 영호휘의 심장까지의 거리가.

딱 그 정도만 모자랐기에 목숨을 빼앗을 수 없었다.

영호휘가 차갑게 웃었다.

"하늘이 아직 이 영호휘를 버리지 않았다는 뜻이겠지. 천운(天運)이 있는 한, 이 영호휘는 몇 백 번이고 죽어도 다시 일어날 것이다. 하늘이 되기 위해서."

자신감과 오만함이 똘똘 뭉쳐져 나온다.

죽을지도 모르는 중상을 입고도 지칠 줄 모르는 활력과 패기는 대체 어디서 나오는 것일까.

"그러니 죽어라, 진무성."

영호휘는 무성의 왼쪽 가슴에 갖다 댄 오른손을 세게 밀었다.

그저 단순히 밀치는 동작이다.

그런데도 무성은 별다른 저항도 하지 못하고 스르르 아래로 무너졌다.

영호휘는 아주 잠깐 우두커니 서서 무성을 내려다보다가 곧 옆으로 쓰러졌다.

"……어찌할까요, 군주?"

"어쩌긴 어쩐단 말이냐! 둘 모두 중요한 용의자이며 참고인이다! 절대 죽게 해서는 안 된다! 어서 신병을 구속하고 의방으로 옮겨!"

위불성의 명령에 따라 중마위군이 움직이려 했다.

하지만 거룡궁과 영호권가의 무사들이 일제히 그들의

앞을 가로막았다.

"어서 비키지 못할까!"

"이유가 어찌 되었던 간에 이분은 우리가 모시는 주인이오. 결코 넘겨드릴 수 없소."

거룡궁의 고수, 백은결(白殷決)은 절대 사수를 하겠다는 강한 의지를 보였다.

"감히 무신궁의 행사를 막겠다는 뜻이냐?"

"그리해야 한다면."

"이놈들이……!"

위불성의 얼굴에 노기가 단단히 어렸다.

그는 한시라도 빨리 이 연속된 혼란을 잠재워야 했다. 필요하다면 영호권가와 전쟁을 하는 한이 있더라도, 거룡궁을 축출하는 위험이라도 안을 생각이었다.

"이 일은 우리가 맡겠소."

집행부의 안찰사자들이 앞으로 나섰다.

어깨에서부터 다리를 가리는 기다란 전포(戰袍)를 두른 채 얼굴에는 가면을 쓴 이들. 목소리마저 변조되어 신분을 짐작할 수 없다.

가면 너머의 시선과 마주하는 순간, 백은결을 비롯한 모든 이들이 몸을 쭈뼛 세웠다.

무신 옆을 지키고 오로지 그의 명예만을 추종한다는 최

고수들은 북궁대연이 가문의 기업을 내팽개치고 야반도주를 하게 만들 만큼 무시무시한 힘을 자랑한다.

세간에 알려지지 않은 신주삼십육성 급의 고수들도 대거 포진해 있다는 소문이 나돌 정도이니.

그들이 나선다면 제아무리 영호휘가 심혈을 기울여 만든 거룡궁과 영호권가라 하여도 가을철 구르는 낙엽에 지나지 않았다.

그렇게 긴장의 끈이 팽팽해지는 그때,

휙!

갑자기 바람 한 줄기가 그들 사이로 불었다.

바람은 무성과 영호휘가 있던 곳을 스쳐 지났다.

"누구냐!"

백은결도, 위불성도, 집행사자들도 놀라 뒤쪽으로 시선을 돌렸다.

저 멀리 한 여인이 무성을 낚아채 품에 꼭 끌어안은 채로 허공을 달리고 있었다. 마치 하늘에서 내려온 선녀가 구름을 타고 노니는 듯했다.

갑작스러운 타인의 개입에 놀라 중마위군이 추격하려 했지만, 거룡궁과 영호권가가 풍기는 긴장감에 도무지 발을 떼지 못했다.

어느 한쪽이라도 진영을 푸는 순간 다른 쪽에서 공격을

가할지도 모르는 일이었다.

　결국 아주 잠깐 주어진 시간 동안, 무성을 안은 여인은 무신궁을 유유히 빠져나갔다.

＊　　＊　　＊

　시야가 흐릿하다. 의식이 깜깜하다.

　"……아요?"

　무성은 코끝을 찌르는 박하 향기에 정신을 차렸다.

　아주 익숙한 향기.

　다시는 못 맡을 줄 알았던 소중한 이의 체취.

　그녀가 왜 이곳에 있는 것일까?

　"괜찮아요, 무성? 정신 차려 봐요! 제발! 제발!"

　남소유가 눈물을 펑펑 흘리며 내려다보고 있었다.

　"남 소저……."

　"무성!"

　"울지 마요."

　무성은 손을 뻗어 남소유의 눈물을 거둬 주려 했다. 하지만 몸은 마치 보이지 않는 줄로 꽁꽁 묶인 것처럼 움직여지지가 않았다.

　그래서 걱정 말라는 듯 웃어 보이려 했지만, 이 역시 잘 되지 않았다.

한쪽 입꼬리만 살짝 올라가는, 이상한 모습이 되었다.

'그렇지. 얼마 남지 않았지.'

무성은 자신에게 남은 시간을 재어 보았다.

한 시진?

아니, 아무리 많아 봐야 반 시진이다. 어쩌면 일각일지도.

'그 정도면 충분해.'

이야기는 나눌 수 있으니까.

"왜 왔어요? 위험하게."

"지금 그게 할 말이에요? 왜 이런 선택을 한 건데요! 왜! 대체 왜!"

눈물이 펑펑 쏟아진다.

아리따운 그녀의 얼굴이 일그러질수록 가슴도 먹먹해진다.

그 순간, 무성은 절실히 깨달았다.

'아, 난 이 여인을 사랑하고 있구나.'

그래서 감사했다.

하늘이 자신에게 처음으로 내려준 배려를.

하지만 이상하게 눈꺼풀이 무거웠다. 이대로 편하게 잠이 들고 싶었다. 그래도 꾹 참았다. 지금 잠들면 다시는 일어나지 못할 테니까.

벙긋벙긋 입을 오므린다.

남소유는 귀를 바짝 무성의 입가에다 가져다 댔다.

"알았어요……."

남소유는 이를 악물고 무성이 말한 방향으로 몸을 날렸다.

＊　　　＊　　　＊

"모든 혐의가 풀리셨습니다."

"그런가?"

문인산이 고개를 끄덕이자 무신궁에서의 사건을 전하러 온 무사는 조용히 예를 갖추고 물러섰다.

그는 의자에 앉아 씁쓸하게 웃었다.

이전까지만 해도 사람들로 꽉 찼던 방은 고요했다.

아내는 친정으로 가 버렸다. 대호궁의 무사들은 뿔뿔이 흩어졌다. 집사와 시녀들은 쉬고 싶다며 강제로 휴가를 내보냈다. 이 커다란 궁 안에는 그 혼자만이 남았다.

쓸쓸한 궁의 정경은 마치 문인산의 마음을 대변해 주는 듯했다.

"사제…… 왜 그런 극단적인 선택을 내린 겐가? 그저

가만히만 있었어도 옥좌의 주인이 되었을 것을. 이 사형이 그리도 못 미더웠던 겐가? 무엇이 그리도 사제를 급하게 만든 겐가?"

작게 읊조린 그때였다.

부스럭, 창가 쪽에서 이상한 소리가 들렸다.

"손님이신가?"

문인산은 창문을 활짝 열었다.

곧 안으로 아리따운 용모의 여인이 들어왔다. 한 손에는 다 죽어가는 사내를 안고서.

"이 사람을 살려주세요! 부탁드려요!"

여인, 남소유는 눈물을 글썽거리며 소리쳤다.

처음 보는 사이임에도 불구하고 그녀는 지푸라기라도 잡는 심정으로 외쳐댔다.

문인산은 가만히 사내를 내려다보았다.

말하지 않아도 그가 누군지 알 수 있을 것 같았다.

그 순간, 사내의 얼굴이 조금씩 뒤틀리더니 앳된 인상으로 변했다.

"이렇게 어렸었나?"

문인산은 쓸쓸하게 웃으며 무성의 머리를 쓰다듬었다. 마치 아들을 대하는 것처럼.

"제발…… 제발!"

문인산은 평온한 미소로 남소유를 달랬다. 그녀의 눈가에 담긴 걱정, 슬픔, 공포 따위가 한눈에 읽혔다.

그래서 말했다.

"걱정 마시오. 숨이 붙어 있는 한, 이 불쌍한 아이는 절대 삼도천을 건너지 못할 테니."

"어, 어떻게 할 건가요?"

"본래 내 막내 사제도 다 죽어 가던 몸이었지만 살아남았지. 도리어 태어났을 때보다 더 건강한 몸이 되어 청상각을 지키는 몸이 되었소. 지금은 모두 부질없게 되었지만."

문인산은 지금쯤 무성을 대신해 삼도천을 건너고 있을 주익을 진심으로 애도했다.

"서, 설마?"

한편, 말뜻을 알아챈 남소유의 눈은 경악에 잠겼다.

문인산은 고개를 끄덕였다.

"맞소. 시부님에게로 데려갈 거요."

〈다음 권에 계속〉